AF745836

www.ingramcontent.com/pod-product-compliance
Lightning Source LLC
LaVergne TN
LVHW050753051026
849532LV00008B/2858

9789369086238

لہو کا رنگ

(افسانے)

قاضی مشتاق احمد

Lahu ka rang *(Short Stories)*
by: Qazi Mushtaq Ahmad
Edition: April '2025
Publisher :
Taemeer Publications LLC (Michigan, USA / Hyderabad, India)

ISBN 978-93-6908-623-8
9 789369 086238

کتاب	:	**لہو کا رنگ** (افسانے)
مصنف	:	**قاضی مشتاق احمد**
صنف	:	فکشن
ناشر	:	تعمیر پبلی کیشنز (حیدرآباد، انڈیا)
سالِ اشاعت	:	۲۰۲۵ء
صفحات	:	۸۶
سرورق ڈیزائن	:	تعمیر ویب ڈیزائن

فہرست

ہوئے تم دوست جس کے

مرزا رحمت بیگ نے ایک ہی سانس میں چائے کی تمام پیالی ختم کرنے کے بعد کہا۔

"معاف کیجئے نصیر میاں اس میں آپ کا بھی قصور ہے۔"

"میرا قصور!" نصیر میاں چونک پڑے۔

"جی ہاں آپ کا قصور" مرزا رحمت بیگ پان چباتے ہوئے بولے۔ "آپ نے اپنی اہلیہ کو سر چڑھا رکھا ہے۔"

"میرا دل ہی کچھ ایسا ہے۔" نصیر میاں جذباتی ہو گئے "کم بخت ہے بھی اتنی حسین کہ بس ——!"

"اِس کا مطلب یہ ہے کہ آپ سیرت کے نہیں صورت کے غلام ہیں۔"

"اس کا بس اتنا ہی تو قصور ہے کہ وہ امّاں جان کے ساتھ زبان درازی کرتی ہے۔" نصیر میاں بولے۔

"یہ کوئی اتنا سا قصور ہوا۔" مرزا جی نے شوشہ چھوڑا۔ "امّاں! ماں کے قدموں تلے جنت ہوتی ہے۔ اگر آپ اپنی بیوی کو ماں سے زیادہ درجہ

دے رہے ہیں تو یہ سمجھیئے کہ آپ جنت کو ٹھکرا رہے ہیں۔"

"آخر میں کیا کروں!" نصیر میاں پریشان ہو گئے۔ مرزا جی نے ایک بھرپور قہقہہ لگایا۔ اُن کے مُنہ سے پان کی پیک اُڑ کر نصیر میاں کی اُجلی قمیص پر گر پڑی۔

"اسے کہتے ہیں بد احتیاطی۔" مرزا جی ناصحانہ انداز میں بولے۔ اگر آپ اس وقت احتیاط برتتے تو آپ کی اُجلی قمیص خراب نہ ہوتی ـــــ اسی طرح اگر آپ شروع ہی سے احتیاط برتتے تو آپ کی اہلیہ آپ کی ماں سے زبان درازی کی جُراءت نہ کرتی اور آج آپ کے سر پہ نہ چڑھتی۔" میں کیا کروں؟" نصیر میاں پھر بولے۔ "یقین جانیئے میں نے اُس کے پھول سے بدن کو اماّں جان کے کہنے سے اذیت پہنچائی۔ اُس کے حسین گالوں کو تھپّڑوں سے لال کر دیا۔ اس کی دراز زلفوں کے ساتھ بھی ظلم کیا ہے۔"

"معاف فرمایئے،" مرزا جی اپنے مخصوص انداز میں بولے "آپ کا مقصد اِصلاح تھا یا وحشیانہ طریقے سے اظہارِ عشق کرنا تھا۔"

"مجھے سمجھنے کی کوشش کیجئے مرزا صاحب" نصیر میاں تلملا کر بولے "میں اگر جورو کا غلام ہوتا تو اپنی چاند سی بیوی کو اس کے میکے نہ بھیج آتا ـــ ایک مہینے سے وہ مجھ سے دور ہے اور آپ نہیں جانتے اس کے بغیر میں زندگی کیسے گزار رہا ہوں۔"

"اگر نوبت یہاں تک پہنچ چکی ہے تو اصلاح کا خیال ترک کر دیجیے،" مرزا جی پان کے دو بیڑے ایک ساتھ مُنہ میں ڈالتے ہوئے بولے۔

"چند دنوں بعد آپ کی اہلیہ دوبارہ تشریف لائیں گی۔ پھر آپ کی والدہ کی توہین اور زبان درازیوں کا سلسلہ شروع ہو جائے گا۔ ممکن ہے

اب کی بار آپ اپنی والدہ کو اپنے گاؤں بھیج آئیں ذہنی پریشانیوں سے نجات پانے کا یہ دوسرا طریقہ بہت آسان ہے۔"

"یہ آپ کیا کہہ رہے ہیں"۔ نصیر میاں بولے "کیا میں اپنی بیوی کے لئے والدہ صاحبہ کو تکلیف پہنچا سکتا ہوں۔"

"بیوی کے لئے لوگ کیا نہیں کرتے۔" مرزا کے چہرے پر سنجیدگی کے آثار نمایاں تھے۔ "اگر میری صاف گوئی سے آپ کو تکلیف پہنچی ہو تو معاف فرمایئے۔"

"مرزا صاحب، میں آپ کو اپنا سب سے بڑا ہمدرد اور بہی خواہ سمجھتا ہوں، اور مجھے امید ہے کہ آپ ہی کوئی درمیانی راستہ نکال کر اس معاملے کو صاف کر دیں گے۔" نصیر میاں گڑگڑا کر بولے "میں آج ہی آپ کے خسر شیخ اعجاز الدین سے مل کر انہیں سمجھاؤں گا۔ وہ اپنی صاحبزادی کو سمجھائیں۔"

"میں آپ کے اعتقاد کو رُسوا نہیں ہونے دوں گا۔" مرزا صاحب کرسی سے اٹھتے ہوئے بولے اور نصیر میاں سے ہاتھ ملا کر باہر چلے گئے

"میں ہر روز کے ان جھگڑوں سے تنگ آگیا ہوں۔" اعجاز الدین غصے سے بولے۔ "آپ کے نصیر میاں نے میری بیٹی کا جینا دوبھر کر دیا ہے۔"

"شیخ صاحب!" مرزا جی بڑے سنجیدہ لہجے میں بولے "میں نصیر کا دوست ضرور ہوں، مگر آپ کا بھی دشمن تو نہیں۔"

"اسی لئے تو میں آپ سے کھل کر بات کر رہا ہوں۔" شیخ صاحب بولے۔

"نصیر نے پچاسوں ثالثی بھجوائے۔ میں نے کسی سے بات نہیں کی۔"

"دیکھئے شیخ صاحب ہمارے اور آپ کے مراسم بڑے گہرے ہیں۔ ہمارے درمیان کسی بات کا پردہ نہیں۔" مرزا جی بولے "بات دراصل یہ ہے کہ آج کل کے یہ لڑکے اپنی بیویوں کو پیر کی جوتی سمجھتے ہیں۔ میں نصیر سے صرف دو تین سال بڑا ہوں لیکن ہماری گھریلو اور ازدواجی زندگیوں میں زمین و آسمان کا فرق ہے۔ اپنی اہلیہ مرحومہ کو میں نے زندگی بھر خوش رکھا۔ کبھی پھول کی چھڑی سے بھی اُسے نہیں مارا۔"

"اور نصیر اپنی بیوی کو جوتوں سے مارتا ہے۔"

"میں نے اپنی اہلیہ کو پیار سے بھی گالی نہیں دی۔"

"اور نصیر اپنی بیوی کے خاندان تک کو گالیاں دیتا ہے"۔

"میری اہلیہ مرحوم کو اگر چھینک آتی تو میں اُسے ڈاکٹر کے پاس لے جاتا۔"

"اور نصیر کے گھر اس کی بیوی چار دن بخار میں بھنتی رہی لیکن کسی نے اُسے دوا تو کُجا زہر تک ۔۔ پینے کو نہیں دیا۔"

"میں نے اپنی اہلیہ مرحوم کو چار دن سے زائد میکے میں نہیں رکھا۔"

"اور نصیر کی اہلیہ ایک مہینے سے میکے میں سڑ رہی ہے مگر نصیر کبھی یہاں نہیں آیا۔"

"شیخ صاحب!" مرزا رحمت سمجھاتے ہوئے بولے "میں یہ مانتا ہوں کہ نصیر میاں نے رقیہ بی کے ساتھ ظالمانہ برتاؤ کیا ہے۔ مگر اِس کا مطلب یہ نہیں کہ آپ قطع تعلق کے بارے میں سوچیں۔"

"اس کے علاوہ کوئی چارہ نہیں۔" شیخ صاحب غصّے سے بولے۔

"میری بیٹی جوان ہے خوبصورت ہے۔ میں کسی دوسرے نوجوان کے ساتھ اُس کی شادی کر دوں گا۔"

"آپ بھی کمال کرتے ہیں۔" مرزا جی بولے۔ "اوّل تو میں آپ کو قطع تعلق کا مشورہ نہیں دوں گا۔ دوسرے کسی نوجوان کے ساتھ شادی کرنے کی بھی رائے نہیں دوں گا ــــ ایک نوجوان سے تو آپ اس قدر نالاں ہیں خدانخواستہ اگر دوسرا نوجوان بھی ــــ!"

"آپ کا خیال ٹھیک ہے۔" شیخ صاحب بولے۔ "اب میں کسی چھوکرے سے رقیہ کی شادی نہیں کروں گا، بھلے ہی اُسے زندگی بھر گھر میں بیٹھنا پڑے۔"

"یہ تو لڑکی پر سراسر ظلم ہے۔" مرزا جی بولے "ماشاءاللہ آپ کی لڑکی جوان ہے خوبصورت ہے!"

"آب آپ ہی بتائیے میں کیا کروں؟" شیخ کے لہجہ میں بیزاری کا عنصر تھا۔

"صبر کے علاوہ آپ کیا کر سکتے ہیں۔" مرزا جی بولے "! میری نظر میں ہزاروں رشتے ہیں۔ مگر میں نہیں چاہتا کہ نصیر میاں کی معمولی غلطیوں سے ناراض ہو کر آپ قطع تعلق کر لیں۔"

"آپ انہیں معمولی غلطی کہتے ہیں۔" شیخ صاحب تلملا کر بولے۔ "میری بھولی سی بچی کو جانوروں کی طرح پیٹنا معمولی غلطی ہے۔ اس ساٹھ سالہ بڈھی کے لئے اس کا جینا دوبھر کر دینا معمولی غلطی ہے۔ اسے ماں باپ کے گھر بھیج دینا اور وہ بھی بے قصور کیا معمولی غلطی ہے؟"

"شیخ صاحب، بیٹی آپ کی ہے۔ مجھے رائے دینے کا کوئی حق تو نہیں

مرزا جی انہیں ٹھنڈا کرنے کی کوشش کرنے لگے۔

"یہ بات نہیں، مرزا صاحب" شیخ اعجاز الدین ٹھنڈے ہو گئے۔ رقیہ جیسے میری بیٹی، ویسے آپ کی بیٹی۔"

"ہمیں اتنا بلند مرتبہ نہ دیجئے۔" مرزا جی ہنس پڑے "ابھی ہماری عمر ہی کیا ہے۔ بال تو نزلے نے سفید کر دیئے ہیں۔ پانوں نے دانتوں کا بیڑہ غرق کر دیا ہے۔ نصیر بھائی اور ہم ایک ہی اسکول میں پڑھتے تھے۔ میں غالباً ساتویں جماعت میں تھا اور وہ پانچویں میں پڑھ رہے تھے۔ بہر حال آج بھی میں نصیر بھائی کا پیغام لے کر آیا ہوں۔"

"مرزا صاحب، آپ کی ہر بات سر آنکھوں پر، مگر معاف کیجئے میں اب نصیر کی کوئی بھی بات سننے کو تیار نہیں ہوں۔"

"آپ غلط سمجھ رہے ہیں" مرزا جی مسکرا کر بولے "میں دراصل ایک دوسرے کام سے نصیر بھائی کے یہاں گیا تھا۔ وہاں یہ ذکر نکل آیا۔"

"تھوڑے دنوں بعد یہ ذکر ہر گلی کوچے میں ہو گا۔ وہ ہمیں خوامخواہ بدنام کر رہا ہے۔"

شیخ صاحب خفا ہو گئے۔

"پھر آپ نے غلط سمجھا" مرزا جی بڑے سنجیدہ لہجے میں بولے "بات دراصل یہ ہے کہ عموماً گرمیوں کے مہینے میں نصیر بھائی کا دماغ بے قابو ہو جاتا ہے۔"

"جی!" شیخ صاحب چونک پڑے۔

"کوئی خاص بات نہیں" مرزا جی بولے "میں انہیں حکیم جعفر حسین

صاحب کے مطلب میں لے گیا تھا۔ انہوں نے نسخہ تجویز فرما دیا ہے۔ وہ تو خدا کا شکر ہے کہ علاج جلد ہو گیا ورنہ مرضِ جنون کا خطرہ لاحق تھا۔"

"خدا خیر کرے۔" شیخ صاحب بولے "اب قطع تعلق کے علاوہ کوئی چارہ نہیں دماغ کا بے قابو رہنا مرض جنون کی علامت ہے۔"

"آپ دراصل بات سمجھنے کی کوشش نہیں کر رہے ہیں۔" مرزا جی بولے۔

"میرا مطلب یہ تھا کہ ان سے یہ غلطیاں مرض کے درمیان واقع ہوئی ہیں۔ اب علاج ہو گیا ہے۔"

"ممکن ہے پھر دورہ پڑ جائے" شیخ صاحب نے سوشہ چھوڑا۔

"اب بھلا اس بارے میں قطعی طور پر کیا کہا جا سکتا ہے۔" مرزا جی بولے "لیکن خیال ہے کہ اب اس کا احتمال نہیں۔"

"آپ بھی دل سمجھانے والی باتیں کر رہے ہیں۔ مرزا صاحب۔" شیخ صاحب جھنجھلا کر بولے۔

"حضور میں آپ کے خیر خواہوں میں سے ہوں۔ آپ کی عزت میری عزت ہے۔ آپ کے لئے میں نصیر میاں کے منہ پر تھوک سکتا ہوں مگر میری آرزو تھی کہ معاملہ صاف ہو جاتا ــــ ان دنوں اچھے لڑکوں کا قحط ہے۔"

"ایک پاگل کے گھر بیٹی بھیجنے سے تو بہتر ہے کہ اُسے زندہ دفن کر دیا جائے۔" شیخ صاحب کی آنکھیں سرخ ہو گئیں۔

"بھئی میں آپ کی سرخ آنکھیں دیکھ کر سہم گیا ہوں۔" مرزا صاحب بولے۔

"آپ اطمینان رکھئے۔ میں ایک گھنٹے کے اندر اندر نصیر میاں

تک قطع تعلق کی خبر پہنچا دیتا ہوں۔ اور خدا کی قسم ایک اچھا بر رقیہ کے لئے تلاش کرتا ہوں۔ جو زندگی بھر اپنی بیوی کو خوش رکھ سکے بلکہ کتے کی طرح اُس کے پیچھے دُم ہلاتا پھرے۔"

"یہ کام ضرور ہو جانا چاہیئے۔" شیخ صاحب بولے۔" مجھے نصیر کو نیچا دکھانا ہے۔"

"آپ فکر نہ کریں میرے ایک دوست ہیں اچھی خاصی جائیداد ہے ایک بیوی کا انتقال ہو چکا ہے شادی کرنا نہیں چاہتے مگر میں انہیں راضی کر لوں گا۔ اچھا خدا حافظ۔"

"میاں ہم تو پہلے ہی کہہ رہے تھے۔" مرزا صاحب نے ایک سانس میں چائے کی پیالی خالی کرتے ہوئے کہا۔" تمہاری خاطر خواہ مخواہ رسوائی اٹھانی پڑی۔"

"آخر وہ لوگ کیا چاہتے ہیں۔؟"

"صرف طلاق" مرزا جی آہستہ سے بولے۔" شیخ صاحب اس کے علاوہ کوئی اور بات نہیں کرتے۔ انہوں نے صرف قطع تعلق کی رٹ لگا رکھی ہے۔"

"آخر میرا قصور!" نصیر میاں قریبًا رو پڑے۔

"آپ نے ایک قصور کیا ہو تو بیان کیا جائے۔" مرزا صاحب جھنجھلا کر بولے" رقیہ بی بھی آپ سے نالاں ہے۔ اور آپ کی صورت نہیں دیکھنا چاہتی۔"

"لیکن قصور رقیہ کا بھی تو ہے۔"

"میاں اپنی پیٹھ کسی کو نظر نہیں آتی۔" مرزا صاحب پان چباتے

ہوئے بولے "اوّل تو آپ کو مار پیٹ نہیں کرنی چاہیئے تھی۔ دوئم رقیہ کو میکے پٹخ کر نہیں آنا چاہیئے تھا"

"لیکن آپ ہی تو کہہ رہے تھے کہ"ــــــ نصیر میاں منہ پھاڑ کر بولے

"مفت میں ہمیں بدنام نہ کیجئے۔" مرزاجی سپاری پھلنکتے ہوئے بولے" بیوی کے ساتھ مار پیٹ ضرور کرنی چاہیئے۔ اُسے میکے ضرور پٹخ کر آنا چاہیئے۔ مگر ان باتوں کی عادت بہت پہلے ڈالی جاتی ہے۔ شادی کے دو سال بعد نہیں۔" نصیر صاحب حیرت سے مرزاجی کو تک رہے تھے

"اب ہماری مثال لے لیجئے۔ خدا اہلیہ مرحومہ کو جنت نصیب کرے، ہر روز مار پیٹ رہی۔ مگر مجال ہے جو منہ سے اُف کرے۔ مہینوں میکے میں سڑتی رہی مگر مجال ہے قطع تعلق کی۔ بات کرے۔"

"کیا رقیہ نے خود مجھ سے قطع تعلق کا فیصلہ کیا ہے۔؟" نصیر کی آنکھوں میں آنسو تیرنے لگے۔

"جی ہاں۔" مرزاجی بولے "انہوں نے اپنے والد بزرگوار کو بتلایا ہے کہ آپ کے دماغ میں خلل پڑ گیا ہے۔ اور آپ حکیم جعفر حسین کی دوائی کر رہے ہیں۔"

"مگر مرزاجی، آپ تو جانتے ہیں حکیم صاحب میری پیچش کا علاج کر رہے ہیں۔"

"بھئی! میں نے لاکھ کہا کہ میں خود انہیں حکیم جعفر حسین کے یہاں لے گیا اور علاج خلل دماغ کا نہیں بلکہ پیچش کا ہو رہا ہے۔ مگر آپ کی اہلیہ چونکہ بہر صورت ــــ طلاق چاہتی ہیں۔ اس لئے انہوں نے یہ قصہ گھڑ دیا ہے۔"

"مجھے رقیہ سے یہ امید نہیں تھی"۔ نصیر صاحب بولے۔
"ارسطو جیسے دانا کہہ گئے ہیں کہ عورت کا کوئی بھروسہ نہیں۔"
"اے خدا میں کیا کروں" نصیر میاں سر پیٹتے ہوئے بولے۔
"میاں اب سر پیٹنے سے کیا فائدہ؟" مرزا جی سمجھانے لگے۔" میں تمہارا دوست ہوں دشمن نہیں، میرے مشورے پر عمل کرو گے تو مصیبت سے بچ جاؤ گے۔"
میں نے آپ کے علاوہ آج تک کسی سے مشورہ ہی کب لیا ہے۔"
"یہی تو ایک خامی ہے تم میں" مرزا جی خفا ہو کر بولے"۔ کرائے کی عقل سے تم کام کرتے ہو۔ کبھی تو اپنی عقل بھی استعمال کیا کرو۔"
" اگر مجھے عقل ہوتی تو یہ دن کیوں آتے" نصیر میاں رو پڑے۔
" عورتوں کی طرح روتے ہو، ہمت سے کام لو ـــــ ذرا ایک بات تبلاؤ تم نے رقیہ سے اپنا مہر معاف کروایا ہے؟"
"جی نہیں۔"
" خدا رحم کرے" مرزا جی نے سر پیٹ لیا۔" بھئی ہم نے پہلی رات ہی بیوی سے مہر معاف کروایا تھا ـــــ خیر۔ کتنا مہر ہے؟"
" بیس ہزار روپئے۔"
" اللہ ہو اکبر۔" مرزا جی نے افسردہ ہو کر کہا۔" اب اگر شیخ صاحب نے طلاق کے لئے کورٹ میں مقدمہ کر دیا تو رسوائی الگ ہوگی اور اتنی بڑی رقم تم لاؤ گے کہاں سے؟"
"مجھے بچایئے مرزا صاحب" نصیر میاں بے چین ہو گئے۔
"بھئی تمہارے لئے میں سولی پر چڑھنے کے لئے تیار ہوں، لیکن

وہ تمہارا خسر بڑا ضدّی آدمی ہے۔"

"آپ کچھ

"اب بھلا میں کیا کر سکتا ہوں۔" مرزا جی بڑے سنجیدہ ہو کر بولے "کوشش تو یہی کروں گا کہ کم از کم رقم میں معاملہ ٹوٹ جائے لیکن اس بات کا خیال رہے کہ جیسے ہی شیخ صاحب کی طرف سے کچھ بات ہو۔ بلا پس و پیش رقیّہ کو طلاق دے دینا، ورنہ تم ٹھہرے جورو کے غلام"

"مرزا صاحب!" نصیر میاں ہچکیاں بھرنے لگے "آپ کچھ بھی کہہ لیجئے مگر مجھے بچا لیجئے۔"

"خدا پر بھروسہ رکھو، وہ کارساز ہے" مرزا صاحب نے چھڑی اُٹھائی اور روانہ ہو گئے۔

"میں آپ کا ہی انتظار کر رہا تھا۔" مرزا صاحب کو دروازے پر کھڑا دیکھ کر شیخ صاحب لپکے۔

"بھئی اتنے دن کہاں غائب رہے؟"

"بات دراصل یہ ہے شیخ صاحب کہ میں حسبِ وعدہ دونوں کام پورے کرنے کے بعد اپنی صورت دکھانا چاہتا تھا" مرزا جی کرسی پر بیٹھتے ہوئے بولے۔

"کیا دونوں کام فتح ہو گئے؟" شیخ صاحب نے نہایت بے چینی کے ساتھ سوال کیا

"مرزا رحمت بیگ جس کام میں ہاتھ ڈالتے ہیں اُسے پورا کر کے ہی چھوڑتے ہیں۔"

"مجھے آپ سے یہی اُمید تھی۔"

"لیکن صاحب ذرا میری تکالیف کا بھی تو احوال سنیئے" مرزا جی بولے۔
"آپ کے داماد اوّل تو نیم پاگل، دوئم طبیعت کے ضدی۔"
"کیا وہ طلاق دینے کے لئے راضی نہیں۔"
"بالکل نہیں" مرزا جی بولے۔ "وہ اپنی بیوی کو دوبارہ اپنے گھرلے جاکر اپنی ناکامیوں کا انتقام لینا چاہتے تھے ـــ مگر خدا بھلا کرے آپ کی کوئی نیکی آڑے آگئی۔ اب آپ تو مہر وغیرہ کا لالچ نہیں رکھتے۔"
"وہ کیا چاہتے ہیں؟" شیخ صاحب غرّائے۔
"آدمی ویسے تو شریف ہے، دس ہزار سے کم میں سودا نہیں کرنا چاہتا۔ آپ کی دولت کی طرف نظریں لگائے بیٹھا ہے۔ اب آپ کے گھر خدا نے کیا کچھ نہیں دیا۔ لاکھ سوا لاکھ سے کم کی جائداد نہیں۔ رقیہ کے بعد وہ آپ کی جائداد کا مالک بننا چاہتا ہے۔"
"لالچی کتا،" شیخ صاحب گالیاں دینے لگے۔
"کتوں کا منہ بند کرنے کے لئے آپ کے پاس کافی دولت ہے ـــ پانچ ہزار منہ پر پھینک دیجئے۔ میں چپکے سے یہ رقم اس کے منہ پر پھینک آتا ہوں کسی کو کانوں کان خبر بھی نہیں ہوگی اور عدالت وغیرہ کے چکر سے بھی آپ بچ جائیں گے۔ آپ سے وعدہ کرتا ہوں کہ اس لالچی انسان سے تحریری طلاق نامہ لکھوا کر لا دوں گا۔"
"یہ آپ کا مجھ پر بڑا احسان ہوگا۔" شیخ صاحب بولے۔
"آپ مجھے شرمندہ کر رہے ہیں" مرزا جی بولے۔ "ہم بچوں کا تو فرض ہے کہ بزرگوں کی خدمت کریں۔"
"خیر ـــ میں پانچ ہزار کی رقم دیتا ہوں۔" شیخ صاحب بولے

"لیکن اس دوسرے کام کا کیا ہوا۔؟ وہ آپ کا دوسرا دوست ؟"

"وہ کام ذرا دقت طلب ہے" مرزا بولے "کم بخت عقد ثانی کے لئے تیار نہیں مجھ سے کہتا ہے کہ تم جوان ہو مالدار ہو تم عقد کیوں نہیں کر لیتے۔ میں نے قطعی طور سے انکار کرتے ہوئے کہہ دیا ہے کہ بھئی! یہ کام مجھ سے نہ ہو گا۔ اپنی پہلی بیوی کی کافی خدمت کر چکا ہوں۔ اگر میں نے دوسری شادی کر لی تو پہلی بیوی کو بھلا کر دوسری بیوی کی خدمت میں کھو جاؤں گا۔۔۔ یہ گناہ میں کرنا نہیں چاہتا۔"

دو مہینے بعد۔۔۔

مرزا رحمت بیگ نصیر میاں کے کمرے میں بیٹھے چائے پی رہے تھے۔

"مرزا جائیے" مرزا نے چائے کی پیالی سے کھیلتے ہوئے کہا "یہ کیا کم بات ہے کہ تم میرا احسان مانتے ہو۔ رقیہ بی سے شادی کر کے میں نے تمہاری مصیبت اپنے سر ضرور لے لی ہے۔ اگر دوستی میں میں اتنا نہ کرتا تو تمہاری رُسوائی برداشت کر لیتا۔ اور پھر صرف دو ہزار روپوں میں تمہاری طلاق منظور کرا دی کسی کو خبر تک نہ ہوئی ؟"

نصیر میاں کی نظریں مرزا جی کے احسانات سے جھکی جا رہی تھیں۔ انہوں نے بڑے خلوص کے ساتھ ایک اور چائے کی پیالی مرزا جی کو پیش کی جو انہوں نے ایک ہی سانس میں خالی کر دی۔

ایک لڑکی بھولی بھالی سی

شیلا بس اسٹاپ سے اپنے گھر کی طرف آتی ہوئی نظر آئی۔ محلے کے خوش فکروں کا اڈہ گلی کے نکڑ پر جمع ہوا تھا۔ بچپن میں شیلا ہمارے ساتھ کھیلتی تھی اور ہم اُسے چھپکلی کہہ کر چڑاتے تھے۔ بچپن میں وہ دبلی پتلی اور مریل قسم کی لڑکی تھی۔ لیکن جوانی میں اس نے خوب ہاتھ پاؤں نکالے تھے۔ غضب کی جوانی آئی تھی کمبخت پہ۔ محلہ میں خبر گرم تھی کہ وہ دولت رام کے لڑکے کے ساتھ مزے اُڑا رہی ہے۔

وہ گلی کے نکڑ پر پہنچی تو ہماری سیٹیاں تیز ہوگئیں۔

میں نے زور سے گلا کھکھار کر سیٹی بجائی۔

"کیوں؟ گلے میں مینڈک اٹک گیا ہے؟" وہ تنک کر کھڑی ہوگئی

"مینڈک نہیں، چھپکلی،" میں نے ترکی بترکی جواب دیا۔ "نہ نگل سکتا ہوں نہ تھوک سکتا ہوں۔"

"شرم نہیں آتی اپنے محلے کی لڑکی کو چھیڑتے ہوئے۔؟" وہ بھی پیچھے ہٹنے والی نہ تھی۔

"اپنے محلے کی لڑکی اپنوں کو اپنا سمجھے جب نا؟"
"میں نے کب غیر سمجھا ہے؟ بچپن میں ساتھ کھیلے ہیں سب ہم۔"
"لیکن آج کل تو دولت رام کے لونڈے سے آنکھ مچولی کھیلی جا رہی ہے۔" میں نے تیر چلایا۔
یہ سننا تھا کہ وہ بھڑک اٹھی۔
بات ادھر آگے بڑھتی لیکن کاشی وہاں آگئی۔ ہم سب کاشی کی عزّت کرتے تھے۔ کاشی، بڑھیا کاکی جمنا بائی کی بیٹی تھی۔ بچپن میں بیوہ ہو گئی تھی۔ بہت شریف لڑکی تھی۔ ہم نے اُسے مندر کے علاوہ اور کہیں جاتے نہیں دیکھا تھا۔ گھر سے نکلتی تو نظریں جھکائے ہوئے سر پہ پلّو ڈالے خاموشی کے ساتھ گزر جاتی۔ کاشی کے وہاں آتے ہی ہماری قینچی کی طرح چلتی ہوئی زبانیں بند ہو گئیں۔
"یہ نندو کا بچہ مجھے چھپکلی کہہ کے چڑاتا ہے۔" شیلا نے میری شکایت کی۔
"نندو بھیّا، اب شیلا بچّی نہیں رہی" کاشی نے سمجھایا "اور پھر اپنے محلے کی لڑکی ہے۔ محلے کی عزّت۔"
"لیکن اسے محلے کی عزّت کا کب خیال ہے۔" کرتارے بھڑک اُٹھا۔ "ہم اسے خواہ مخواہ نہیں چھیڑتے۔"
"نہیں کرتارے بھیّا، ایسا نہیں کہتے" کاشی نے کہا۔ "چلو شیلا" وہ شیلا کو اپنے ساتھ لے کر چلی گئی۔
اس روز ہم بہت دیر تک کاشی کی شرافت، سادگی اور خوبصورتی کا ذکر کرتے رہے۔ بیچاری بال ودھوا ہے، لیکن کبھی کسی کی طرف نظر اُٹھا

کر نہیں دیکھتی۔"

"یار اب ہمیں کاشی کے بارے میں بھی سوچنا چاہیئے۔" کرتارے بولا۔" اتنی خوبصورت لڑکی کب تک بیوہ بنی بیٹھی رہے گی۔"

"اس کے لئے بر ڈھونڈھنا چاہیئے۔"

"تو کیوں نہیں اس سے شادی کر لیتا کرتارے!"

"ارے اس کی ماں اس کے لئے کب تیار ہوگی۔ بڑھیا کھوسٹ ہے۔"

"اور شیلا؟"

"وہ تو دولت رام کے بیٹے وشنو کی ہوگئی۔"

"یہ حق تلفی ہے۔" محسن بولا۔" ہمیں فوراً اس کے گھر پہ بورڈ لگا دینا چاہیئے۔ بے بی شیلا۔ رنر روڈ فاردی محلہ۔"

سب قہقہہ مار کر ہنس پڑے

ایک دن کرتارے نے خبر سنائی کہ دولت رام کا بیٹا وشنو اب کاشی پر بھی ڈورے ڈال رہا ہے۔ یہ سنتے ہی ہمارا خون کھول اُٹھا۔

"اس کی یہ ہمت کہ ایک بیوہ لڑکی کو ستائے۔"

"لیکن کاشی کوئی شیلا نہیں کہ پھسل جائے۔" میں نے کہا" وہ بھلی لڑکی ہے، شیلا کی طرح دل پھینک نہیں۔"

"ممکن ہے وہ اُسے رسپانس نہ دیتی ہو لیکن وہ کمینہ؟"

"وہ تو اس کے پیچھے پڑا ہے۔ میں نے کل اُسے کاشی کا پیچھا کرتے ہوئے دیکھا۔"

"ہمیں اس کا دماغ ٹھکانے لگانا ہوگا۔"

"اس کی یہ ہمت کہ ہمارے محلے کی بھولی بھالی لڑکی پر ڈورے ڈالے۔"

"اس کی ٹانگیں توڑ دینی چاہئیں۔"

ہم سب نے فیصلہ کیا کہ ہم سب مندر کے پاس چھپ کر کھڑے رہیں گے۔ اور اگر وشنو نے دوبارہ کاشی کا پیچھا کرنے کی کوشش کی تو ہم اس کی خوب پٹائی کریں گے۔

دوسرے دن ہم سب مندر کے پاس جھاڑیوں میں چھپ گئے کاشی وقت مقررہ پر مندر میں آئی۔ سر پر ساڑی کا پلو ڈالے، نگاہیں نیچی کئے وہ سیدھی مندر کے اندر چلی گئی۔ لیکن دولت رام کے بیٹے وشنو کا دور دور تک پتہ نہیں تھا۔

"کرتا رے، تو نے ٹھیک سے دیکھا نہ تھا۔"

"ہاں یار! اسی جگہ وہ کھڑا ہوا تھا۔ اور جب کاشی مندر کے باہر آئی تو وہ اس کے پیچھے ہو لیا۔"

"کہیں اُسے پتہ تو نہ چل گیا کہ ہم اس کی خبر لینے والے ہیں۔"

"ہاں" یہ ممکن ہے۔"

کاشی پوجا پاٹ سے فارغ ہو کر مندر سے باہر آگئی۔ کاشی کے ہاتھ میں پوجا کا سامان تھا۔ اور وہ اپنی عادت کے مطابق سر جھکائے خاموشی سے واپس جا رہی تھی۔ راستے میں ایک باغ تھا۔ وہاں ہنومان مندر تھا کاشی ہمیشہ کی طرح اس باغ میں داخل ہو گئی۔ ہم اس کے پیچھے پیچھے وہاں پہنچے۔ کاشی پوجا کے لئے پھول جمع کرنے کیاریوں کے پیچھے پہنچ گئی۔ جب وہ بہت دیر تک باہر نہ آئی تو ہم وہاں پہنچ گئے۔ کیاریوں کے

پیچھے ایک سنسان گوشے میں کاشی دولت رام کے بیٹے کی آغوش میں مچل رہی تھی۔ ہمیں سامنے دیکھ کر وہ دونوں ہڑبڑا کر اُٹھ بیٹھے ہم نے دولت رام کے بیٹے کی خوب پٹائی کی۔ وہ دُم دبا کر بھاگ کھڑا ہوا۔

اب کاشی کی باری تھی۔ وہ ایک طرف سر جھکائے۔ شرمندہ سی کھڑی تھی۔

"کاشی! ہم تجھے دیوی سمجھتے تھے۔ شرم نہیں آتی پرائے محلے کے لڑکے کے ساتھ گلچھرے اڑاتے ہوئے۔" گرنارا اُس پر برس پڑا۔

چند لمحے وہ خاموشی کے ساتھ سر جھکائے کھڑی رہی اور پھر یکایک پھوٹ پھوٹ کر رونے لگی۔ "آخر میں کیا کرتی۔" وہ ہچکیاں لینے لگی۔ "اپنے محلّے کے لڑکے تو میری طرف آنکھ اٹھا کر بھی دیکھنے کو تیار نہیں۔"

کمرہ نمبر ۱۲۷

انسپکٹر ساونت نے وفد میں آتے ہوئے معززین کا بڑے تپاک سے استقبال کیا۔ "میں سیٹھ رام رتن ہوں۔" وفد کے لیڈر نے اپنا تعارف کرتے ہوئے کہا "میں اس سوشل کلب کا صدر ہوں جس نے اس محلے میں جسم فروشی کی لعنت ختم کرنے کا بیڑہ اٹھایا ہے۔"

"بہت خوشی ہوئی آپ سے مل کر۔"

"میں ہوں پروفیسر رام لکھانی۔ سوشل کلب کا سکریٹری۔ سٹی کالج میں انگریزی کا پروفیسر ہوں۔" دوسرے ممبر نے انسپکٹر سے ہاتھ ملاتے ہوئے کہا "میں وجے کمار کابرا" ایک خوبصورت اور صحت مند نوجوان آگے بڑھا۔

"میں اس کلب کا جائنٹ سکریٹری ہوں۔ میرا سیلز مینجر کا پیشہ ہے ہندوستان بھر کا دورہ کرتا ہوں۔"

"آپ تمام صاحبان کا میں مشکور ہوں کہ آپ نے ملاقات کا شرف

بخشا۔ فرمائیے میں آپ کی کیا خدمت کرسکتا ہوں؟" انسپکٹر نے وفد کے ممبران سے پوچھا۔

"جیسا کہ آپ جانتے ہیں، اس محلے میں ہائی کلاس سوسائٹی کے لوگ رہتے ہیں۔" سیٹھ رام رتن نے کہنا شروع کیا "ہم سب معززین ہیں لیکن اس بات سے بہت ناراض ہیں کہ یہ محلہ اب شریفوں کے رہنے کے لائق نہیں رہا۔ جہاں کھلے عام جسم فروشی کا پیشہ جاری ہے، اور آپ کوئی ایکشن نہیں لیتے۔"

دوست احباب ہمارا مذاق اُڑانے لگے ہیں کہ بھئی اب مزہ مارنے کے لئے تمہیں در در کی ٹھوکریں کھانے کی ضرورت نہیں۔ ہر دروازہ پر ایک لڑکی حاضر ہے۔" کابرا بولا۔

"اب کل ہی کی بات لیجئے۔" سیٹھ بولے "میری بیٹی شیلا کالج سے گھر آرہی تھی کہ ایک نوجوان نے سرِ بازار اس سے پوچھ لیا کہ تمہارا ریٹ کیا ہے کل سے روتے روتے اس کا بُرا حال ہے۔ اب آپ ہی بتائیے ہم یہ سب کیسے برداشت کریں؟"

"شیلا میری اسٹوڈنٹ ہے" پروفیسر نے کہا "میں نے آج تک اسے کالج کے لڑکے سے بھی بات کرتے نہیں دیکھا۔ اتنی شریف لڑکی کی سرِ راہ بے عزتی ہو یہ کیسے برداشت کرسکتے ہیں۔"

"آپ اس نوجوان کا نام بتا سکتے ہیں؟ یا کم از کم حُلیہ" انسپکٹر نے پوچھا۔ "اب اس کا فوٹو تو ہم نے نہیں نکال رکھا۔" سیٹھ جی چڑ گئے۔ "انہیں سوالات کی ڈر سے کوئی بھی شریف آدمی پولیس اسٹیشن پر قدم نہیں رکھتا۔"

"ہم یہ پوچھتے ہیں کہ آپ جسم فروش عورتوں کے خلاف قانونی

کارروائی کیوں نہیں کرتے۔؟" کابرا نے سوال کیا۔" اگر یہ لعنت ختم ہوگئی تو یہ باتیں خود بخود کم ہو جائیں گی۔"

"میں ابھی اسی وقت کارروائی کرنے کے لئے تیار ہوں۔ بشرطیکہ آپ ہماری مدد کریں۔"

"ضرور ——— ہم ہر طرح کی مدد دینے کو تیار ہیں۔"

"آپ میں سے کوئی بھی آدمی تحریری شکایت دے ۔۔۔۔"

"تحریری شکایت ؟ بھئی ہم لوگ مصروف لوگ ہیں۔ کاروبار میں اتنے مشغول رہتے ہیں کہ کھانا کھانے کی فرصت نہیں ملتی۔ پھر یہ کورٹ کچہری کا چکر۔" سیٹھ جی نے ایک ہی سانس میں کہا۔

"میں پروفیسر ہوں، کل لڑکیاں کالج میں میرا مذاق اڑائیں گی۔ اگر میں نے کوئی ایسی شکایت کی۔"

"میں تو ہمیشہ باہر رہتا ہوں۔" کابرا بولا" اپنے سے یہ کام نہیں ہوگا۔"

"کابرا صاحب، میں آپ جیسے نوجوان کو ہی ترجیح دوں گا۔" انسپکٹر نے کہا۔

"آپ ہمیشہ کاروبار کے سلسلے میں باہر رہتے ہیں۔ اس کا مطلب ہے اس محلے میں بھی آپ کو زیادہ لوگ پہچانتے نہ ہوں گے۔ اور یہ پیشہ اتنی رازداری کے ساتھ ہوا کہ بس ——"

کابرا بڑی مشکل سے اس کام میں پولیس کی مدد کرنے کو تیار ہو گیا سیٹھ رتن اور پروفیسر کھانی کے اصرار کے سامنے بھی وہ مجبور ہو گیا۔

انسپکٹر نے فوری طور پر کارروائی کا آغاز کیا۔ سیٹھ جی اور پروفیسر کے رخصت ہوتے ہی اس نے کابرا کا تحریری بیان لیا۔

دو پڑھے لکھے گواہوں کو بھی اُس نے وہاں بُلا لیا۔ ان کی موجودگی میں اس نے ایک نمبر ڈائل کیا۔ کابرا کو اس نے اس بارے میں سب کچھ بتا دیا تھا۔
"میں دلّی سے آیا ہوں۔" کابرا نے کہا۔ "مجھے مِس ماریا سے ملنا ہے۔"
"آدھے گھنٹے کے بعد گیٹ وے آف انڈیا کے پاس مِس ماریا کے ہاتھ میں نیلے رنگ کا پرس ہوگا۔ آپ سیدھے ہاتھ پر لال رومال باندھے۔"
آدھے گھنٹے بعد کابرا سیدھے ہاتھ پر لال رومال باندھ کر گیٹ وے آف انڈیا کے پاس پہنچا۔ وہ نوجوان اور خوبصورت تھا۔ اُسے دیکھ کر ہی یہ اندازہ ہو سکتا تھا کہ وہ کوئی رنگیلا نوجوان ہے۔ دس منٹ تک وہ وہیں بے کار گھومتا رہا۔ جب ان لوگوں کو یقین ہو گیا کہ وہ اکیلا ہی ہے تو ایک آدمی اس کے ساتھ چلنے لگا۔ اور اس نے دھیرے سے کہا۔ "مِس ماریا کیفے آرام کی کیبن نمبر ۲ میں آپ کی منتظر ہے۔"
ایک ادھیڑ عمر کی خاتون آرام کی کیبن نمبر ۲ میں اس کی منتظر تھی جب اس نے دو چار سوالات پوچھ کر اطمینان کر لیا کہ کابرا واقعی عیاشی کے لئے آیا ہے تب اس نے کابرا سے اس کی پسند پوچھی۔ کابرا نے خوبصورت، نوجوان انگریزی جاننے والی لڑکی کی فرمائش کی۔ سودا ایک ہزار روپے میں طے ہوا۔ پیسے لڑکی کو ہی دینے کے لئے طے ہوا دس منٹ بعد مِس ماریا سے فون پر بات چیت کرنے کے لئے کہا گیا۔
دس منٹ بعد مِس ماریا نے فون پر کہا "ٹھیک آٹھ بجے ہوٹل سنسکار کے کمرہ نمبر ۱۲۷ پر دستک دیجئے رادھا کہہ کر آواز دیں"
"اس لڑکی کا نام رادھا ہے؟"
"جی" یہ کہہ کر فون ڈسکنکٹ ہو گیا۔

ٹھیک آٹھ بجے کابرا ہوٹل سنتکار پہنچا انسپکٹر ساونت کو اس نے فون پر اطلاع دے دی تھی۔ ساونت بھی وہاں دو پنچوں کے ساتھ موجود تھا۔ ساونت نے نوٹوں کا پنچ نامہ کر لیا تھا۔ اور کابرا سے کہا گیا تھا کہ جیسے ہی لڑکی کپڑے اتارے وہ فوراً دروازہ کھول دے تاکہ لڑکی کو کام پر مائنرنگ پوزیشن میں پکڑ لیا جائے۔

کمرہ نمبر ۱۲۷ پر کابرا نے دستک دی۔ "رادھا" کہہ کر پکارا' دروازہ کھُلا اور پھر بند ہو گیا۔ لیکن دو منٹ کے اندر ہی کابرا باہر آیا۔

"کیا بات ہے؟" انسپکٹر نے پوچھا "کیا لڑکی اندر نہیں ہے"؟

"ہے ـــــ لیکن آپ اکیلے اندر آیئے۔ پلیز"

انسپکٹر ساونت کابرا کے ساتھ اندر داخل ہوا۔ تو مسہری پر ایک دبلی پتلی حسین سی لڑکی تکیے میں سر چھپا کر رو رہی تھی۔

"یہ شیلا ہے۔" کابرا نے کہا "سیٹھ رام رتن کی بیٹی۔ ہمیں کیا پتہ تھا کہ مس ماریا نے آسانی کے ساتھ اپنے بڑھتے ہوئے اخراجات پورے کرنے کے لئے روپیہ کمانے کے لئے شیلا کو بھی راستہ دکھایا ہے۔ یہ راستہ جو ایک شریف اور عزت دار گھر سے شروع ہو کر ہوٹل ستکار کے کمرہ نمبر ۱۲۷ ار پر ختم ہو جاتا ہے۔"

انسپکٹر ساونت کے چہرے پر ایک گہری مسکراہٹ پھیل گئی۔ شیلا بدستور رو رہی تھی۔ اور ویسے کمار کابرا کسی ہارے ہوئے جواری کی طرح سر جھکائے خاموش کھڑا تھا۔

امتحان

نِشاء کی لاش چتا پر رکھ دی گئی تھی۔ سنہا صاحب نے کانپتے ہوئے ہاتھوں سے اپنی لاڈلی بیٹی کی چتا کو اگنی دی اور دیکھتے ہی دیکھتے آگ کے شعلے بلند ہوئے۔ مدن کی آنکھوں سے آنسوؤں کی دھار بہنے لگی۔ ۲۲ سال کی عمر بھی کوئی مرنے کی عمر ہوتی ہے؟ یہ تو مرادوں کی راتیں اور بہاروں کے دن والی عمر ہوتی ہے۔ اس عمر میں مرنے کے بارے میں کوئی سوچ بھی نہیں سکتا انسان سوچتا کیا ہے اور ہوتا کیا ہے۔ کل تک تو وہ آنے والے دنوں کے رنگین سپنے دیکھ رہے تھے۔ شادی کے بعد ہنی مون کے لئے کہاں جائیں گے۔ فلیٹ کو کیسے سجائیں گے۔ ڈرائنگ روم میں کون سا فرنیچر ہوگا۔ بیڈ روم میں کس رنگ کے پردے ہوں گے۔ یہاں تک کہ ہونے والے بچوں اور آیا کو کون سا کمرہ دیں گے یہ تک طے ہو چکا تھا۔ نشاء کو بچوں کا بڑا ارمان تھا۔ وہ دو بچوں کی ماں بننا چاہتی تھی۔ بیٹے کا نام نِتن اور بیٹی کا نام بینو طے پایا تھا۔ لٹل گارڈن میں بچوں کو آسانی سے داخلہ نہیں ملتا لہٰذا شادی کے فوراً بعد دو سیٹیں بک کرنے کے لئے نشاء اصرار کر رہی تھی۔ کتنی آگے

بڑھ گئی تھی۔ نشا، خیالوں کی دنیا میں ـــــ اور آج وہ کتنی دُور چلی گئی ہے جہاں سے کوئی کبھی لوٹ کر نہیں آتا۔ مدن ڈبڈبائی آنکھوں سے چِتا کے دہکتے ہوئے شعلے دیکھنے لگا وہ اس تصوّر سے ہی دہل گیا کہ نشا کا خوبصورت جسم بے رحم آگ میں جل کر راکھ ہو جائے گا۔ اس کے ریشم جیسے ملائم بال، کشمیری سیبوں جیسے گلابی گال، گلاب کی پنکھڑی جیسے نازک ہونٹ، جھیل جیسی نیلی آنکھیں۔ موتیوں جیسے سفید دانت سب جل کر خاک ہو جائیں گے ـــــ کل ہی کی بات ہے وہ دونوں پک نک پر گئے تھے۔ مدن سگریٹ بجھا کر پھینکنے والا تھا کہ بجھتے ہوئے سگریٹ کی گرم راکھ نشا کی انگلی پر گر پڑی کتنا شور مچایا اس نے، آج وہ خاموشی کے ساتھ چتا پر لیٹی ہے۔ مدن کو ایسا محسوس ہو رہا تھا کہ وہ "ہائے میں مرجاؤں" کہتی ہوئی اٹھ کھڑی ہو گی اور دوڑ کر مدن کی باہوں میں جھول جائے گی پھر قہقہے مار کر ہنسے گی کہ دیکھو کیسے بدھو بنایا۔ پک نک کے موقعے پر مدن کو اس نے بے ہوشی کا ناٹک کر کے خوب بے وقوف بنایا تھا۔ مدن کے اوسان خطا ہو گئے تھے۔ وہ جھیل کے کنارے چکرا کر ایسے گر پڑی تھی گویا بیہوش ہو گئی ہو۔ مدن کی گھبراہٹ پر رحم کھا کر اس نے آنکھیں کھول دی تھیں اور ہائے میں مرجاؤں کہہ کر قہقہے لگائے تھے۔ اور مدن کا خوب مذاق اڑایا تھا۔ "ہائے میں مرجاؤں" یہ جملہ وہ کسی فلم سے سیکھ کر آئی تھی۔ مدن نے بارہا اسے منع کیا تھا کہ وہ یہ منحوس جملہ بھول جائے لیکن وہ اسے بھولنے کے لئے تیار نہ تھی۔ اسے کیا پتہ تھا کہ وہ جس کی اداؤں پر مرمٹا تھا وہ سچ مچ مر جائے گی۔ زینہ سے پیر پھسلنے کا بہانہ ہو گیا۔ چوٹ دماغ پر لگی تھی۔ ڈاکٹروں کی پوری ٹیم نے اسے بچانے کے

لئے زمین و آسمان کے قلابے ملا دیئے لیکن زندگی اور موت کے اس جان لیوا کھیل میں نشا، بازی ہار گئی۔ اسے "ہائے میں مرجاؤں" کہنے کی بھی فرصت نہیں ملی اور وہ سچ مچ مرگئی۔ اور آج اس کا خوبصورت جسم چتا پر جل رہا تھا۔

مدن کو ایسا محسوس ہونے لگا جیسے نشا، اُٹھ کھڑی ہوگئی ہے چتا کی آگ ہون کی آگ میں بدل گئی ہے نشا ر نے دلہن کا جوڑا پہن رکھا ہے۔ وہ دونوں آگ کے پھیرے لے رہے ہیں سات پھیروں کے بعد نشا، اس کی بیوی بن گئی ہے۔ یہ ان کا حجلۂ عروسی ہے۔ نشا، شہزادیوں کی طرح پھولوں کی سیج پر لیٹی ہوئی ہے۔ مدن اس کے ریشم جیسے خوبصورت بالوں سے کھیل رہا ہے وہ دونوں ہنس رہے ہیں۔ قہقہے لگا رہے ہیں۔ ہنی مون کے لئے وہ دونوں کشمیر آئے ہیں۔ ہاتھوں میں ہاتھ دیئے وہ ان حسین وادیوں میں سیر کر رہے ہیں۔ ہنی مون کے بعد وہ گھر واپس لوٹ آئے ہیں۔ دفتر جاتے ہوئے نشا، اسے پیار بھرا بوسہ دے رہی ہے۔ اس کی کار سڑک پر دوڑ رہی لیکن دل گھر میں الجھا ہوا ہے وہ آدھے راستہ سے ہی گھر لوٹ آتا ہے نشا اس کا مذاق اڑا رہی ہے اور پھر دونوں دل کھول کر ہنس رہے ہیں۔ کلینڈر کے اوراق تیزی سے بدل رہے ہیں ننھا بتن، "ڈیڈی! ڈیڈی" کہہ کر مدن سے لپٹ جاتا ہے ننھی پنکو اسے "ٹاٹا" کہہ رہی ہے اور وہ بچوں کی نظر بچا کر نشا ر سے بغل گیر ہو رہا ہے۔"

وہ چونک پڑتا ہے وہ شمشان بھومی میں نشا، کی چتا کے پاس کھڑا ہوا ہے۔ اور سنہا صاحب اس سے لپٹ کر رو رہے ہیں۔ یہ کیا ہوگیا

مدن! میں تو اسے ڈولی میں بٹھانے کے خواب دیکھ رہا تھا۔ یہ کیا ہو گیا ڈولی کی جگہ ارتھی کو کاندھا دینا پڑا!"

مدن کسی بُت کی طرح خاموش کھڑا تھا۔ اس کی آنکھوں سے آنسو رواں تھے۔ لوگوں نے سنہا صاحب کو سہارا دے کر ایک جگہ بٹھا دیا وہ "ہائے مری بیٹی! ہائے میری بیٹی—— !" کہہ کر بین کر رہے تھے سینہ کوبی کر رہے تھے مدن سے یہ منظر نہیں دیکھا گیا وہ ہنگامہ سے دوڑ کر ایک ببول کے درخت سے ٹیک کر کھڑا ہو گیا۔

"اسے!"... ایک جانی پہچانی آواز آئی وہ چونک پڑا اور بیوقوفوں کی طرح چاروں طرف دیکھنے لگا۔

"ہائے میں مر جاؤں" اس کے کانوں میں گھنٹیاں بجنے لگیں "نشا...!" وہ دیوانوں کی طرح چلایا۔

نشا اس کی آنکھوں کے سامنے ادائے دلبری کے ساتھ خاموش کھڑی مسکرا رہی تھی۔ اس کا چہرہ سفید ہو گیا تھا۔ اس کی آنکھیں اندر دھنس گئی تھیں۔ وہ برسوں کی بیمار نظر آ رہی تھی۔ "نشا تم.....؟" اس نے پوچھا۔

"ہاں، میں تمہاری نشا" وہ اس کے بہت قریب کھڑی تھی۔ لیکن اس کی آواز گویا میلوں دور سے آ رہی تھی۔

"میرے پیچھے پیچھے آؤ" وہ کسی سحر زدہ انسان کی طرح اس کے پیچھے پیچھے چلنے لگا۔ وہ ایک کھنڈر کے قریب رک گئی۔

"یہ ہے میرا مکان، اندر آؤ"

ٹوٹے ہوئے مکان کے ملبے اور ببولوں کے غول کے درمیان

سے وہ دونوں ایک شکستہ کمرے میں داخل ہوئے وہاں ایک ٹوٹا ہوا صندوق تھا۔ "اس صندوق میں ایک منگل سوتر ہے۔" اس نے کہا۔ "اسے اپنے ہاتھوں سے مجھے پہناؤ۔" مدن نے وہ صندوق کھولا ایک زنگ آلود ڈبیہ میں ایک منگل سوتر تھا۔

"پہناؤ مجھے۔" نشا نے تحکمانہ لہجے میں کہا۔

مدن نے وہ منگل سوتر نشا کے گلے میں ڈال دیا۔

"تمہیں اب بھی یقین نہیں آرہا ہے؟ مجھے چھو کر دیکھو۔"

مدن نے اس کے ہاتھ کو اپنے ہاتھ میں لیا اسے ایسا محسوس ہوا گویا اس نے برف کی سل پر ہاتھ رکھ دیا ہے۔ وہ دیوانوں کی طرح اس سے لپٹ گئی "میں تمہیں چھوڑ کر نہیں جاؤں گی۔ ہم نے ساتھ جینے کا وعدہ کیا تھا۔ ساتھ ہی مریں گے۔"

باہر سے کسی کے قدموں کی آہٹ آئی اور نشا کا وجود ہوا میں تحلیل ہوگیا۔ اب وہ نشا کی بجائے ایک ہڈیوں کے پنجرے سے بغل گیر تھا۔ مدن کے منہ سے چیخ نکل پڑی وہ گویا بڑبڑا کر جاگ اٹھا۔ وہ ہڈیوں کے پنجرے سے نہیں بلکہ ببول کے درخت سے بغلگیر تھا۔ وہ پسینہ میں نہا گیا تھا۔ اس نے چاروں طرف آنکھیں پھاڑ کر دیکھا چتا کی آگ ٹھنڈی ہوگئی تھی دور شمشان کے پاس نشا کھڑی ہوئی اس کو بلا رہی تھی۔ نشا اس کے قریب آگئی۔

"میرے پیچھے پیچھے آؤ۔" اس نے پھر تحکمانہ لہجے میں کہا۔

مدن دوبارہ کسی سحر زدہ انسان کی طرح اس کے پیچھے پیچھے چلنے لگا۔

"تم نے منگل سوتر پہنا کر مجھے سویکار کیا ہے۔" وہ سرگوشیوں کے انداز میں بولی۔

"اب تم مجھے اکیلا نہیں چھوڑ سکتے تمہیں میرا ساتھ دینا ہوگا۔"

وہ ایک پہاڑی پر چڑھنے لگی۔مدن اس کے پیچھے پیچھے چلنے لگا پہاڑی کی چوٹی پر پہنچ کر نشا ر نے کہا۔"اب ہم منزل کے قریب پہنچ گئے ہیں ۔سفر میں ساتھ تو نہیں چھوڑ دوگے؟"

"نہیں" مدن نے کہا۔

"تو آؤ میرے ساتھ" یہ کہکر نشا ر نے پہاڑی کی چوٹی پر سے چھلانگ لگادی۔مدن بھی چھلانگ لگانے ہی والا تھا کہ کسی نے اسے پکڑ لیا۔ اس نے پلٹ کر دیکھا۔

وہ نشا ر تھی۔

"میں تمہارا امتحان لینا چاہتی تھی مدن" وہ کہہ رہی تھی۔

"مجھے بھول جاؤ میں اکیلی جارہی ہوں" "جاؤ خوش رہو"۔ نشا ر نے دوبارہ اس پہاڑی کی چوٹی سے چھلانگ لگادی ۔اور مدن آہستہ آہستہ پہاڑ سے نیچے اترنے لگا۔

وہ اس ببول کے درخت کے پاس کھڑا تھا۔

"بائی بائی نشار" اُس نے زیر لب کہا اور شمشان بھومی کے باہر نکل آیا۔

میاں بیوی راضی

طلاق کی تفصیلات طے ہو رہی تھیں۔ وکیل کے آفس کے اندر باہر ہمدردی جتانے کی آڑ میں تماشہ دیکھنے والوں کا ہجوم جمع ہو گیا تھا۔ ملک کا ایک مشہور فلمی ڈائریکٹر اپنی خوبصورت فلمی ہیروئن بیوی کو طلاق دینے والا تھا۔ طلاق دینے کی وجہ یہ تھی کہ اسے اس بات پر اعتراض تھا کہ اس کی بیوی شادی کے بعد بھی فلموں میں کام کرتی رہے۔

مکان، جائنٹ بنک اکاؤنٹ، فرنیچر، زیورات وغیرہ کی تفصیلات طے ہو چکی تھیں کہ کیا کس کے پاس رہے گا۔ اب آخری سوال بچی کا تھا۔ "قانونی اور اخلاقی طور پر جب تک بچی بالغ نہ ہو جائے وہ ہماری موکلہ کے پاس رہے گی۔" ہیروئن کے وکیل نے کہا۔

"لیکن میرے موکل کو یہ اختیار ہو گا کہ وہ جب چاہے اُسے اپنے پاس ملنے کے لئے بلائے۔" ڈائریکٹر کا وکیل بولا۔

"یہ ایک سہولت ہوگی حق نہیں۔ یہ بات میری موکلہ کی مرضی پہ منحصر ہوگی کہ وہ اجازت دے یا نہ دے۔"

"یہ شرط مجھے منظور نہیں۔" ڈائریکٹر جو بہت دیر سے خاموش بیٹھا تھا۔ بول پڑا۔

"مسٹر، یہ قانونی نکتہ ہے" اس کے وکیل نے سرگوشیوں کے انداز میں کہا۔ "ہم زیادہ اصرار نہیں کر سکتے۔"

ڈائریکٹر خاموش ہو گیا۔

"آپ کا مؤکل میری موکلہ کی مرضی کے بغیر بچی کی سالگرہ یا کوئی اور پروگرام طے نہیں کر سکتا۔" ہیروئن کا وکیل بولا۔ "بچی کا نام کسی فلم کتاب، نظم یا کسی اور جگہ استعمال کرنے کے لئے اس کو میری موکلہ کی اجازت حاصل کرنا ہوگی۔ یہاں تک کہ جب بچی بالغ ہو جائے گی تو کنیادان کے لئے......"

"کیا یہ شرطیں آپ کی موکلہ نے رکھی ہیں؟" ڈائریکٹر بات کاٹ کر بولا۔

"جی ہاں" ہیروئن کے وکیل نے کہا۔

"پھر اس جھگڑے میں وکیلوں کی کیا ضرورت ہے، ہم اپنا جھگڑا خود طے کر سکتے ہیں۔" ڈائریکٹر شعلہ بار نظروں سے وکیلوں کو گھورتے ہوئے بولا۔

"لیکن مسٹر آپ تو طلاق دینے والے ہیں۔"

"جب تک طلاق کا فیصلہ نہ ہو جائے وہ میری بیوی ہے۔" یہ کہتے ہوئے ڈائریکٹر نے پیار بھری نظروں سے اپنی بیوی کی طرف دیکھا۔ اور براہ راست اُس سے مخاطب ہو کر کہنے لگا۔ "کیا یہ تماشہ اپنے گھر میں نہیں ہو سکتا؟"

ہیروئن کا گورا چہرہ گلابی ہو گیا۔

"گھر واپس چلو اس کے دروازے تمہارے لئے ہمیشہ کھلے ہیں۔" ڈائریکٹر نے کہا۔ "کیا بچی کا کبھی بٹوارہ ہوا ہے؟ کیا تم یہ چاہتی ہو کہ اسے اپنے باپ کو باپ کہنے کے لئے تحریری اجازت لینا پڑے؟ کیا فلم بچی سے

بڑھ کر ہے ؟"

"اس کا جواب میں گھر چل کر دوں گی۔"

ہیروئن سر جھکا کر بولی اور ڈائریکٹر کے پیچھے پیچھے چلنے لگی۔

وہ دونوں اپنے گھر کی طرف جا رہے تھے جہاں ان کی جنت ان کی ننھی منی بچی ان کا انتظار کر رہی تھی۔

بلیک کا ٹکٹ

مجید ٹیکسی سے اتر کر دوڑتا ہوا سینما ہال کے گیٹ تک آیا۔ گیٹ پر "ہاؤس فل" کا بورڈ گویا اس کا منھ چڑا رہا تھا۔ مجید نے ہونٹ سکوڑ کر سیٹی بجائی اور منگل کے دن بھی رش کرنے والوں کو ایک گندی سی گالی دی۔

گیٹ پر زبر دست ہجوم تھا۔ جن کے پاس ٹکٹ تھے وہ اندر داخل ہو رہے تھے جنہیں ٹکٹ نہیں ملا تھا وہ مایوسی کے عالم میں باہر ٹہل رہے تھے۔ رنگ برنگے کپڑے خوبصورت لباس، حسین چہرے تھوڑی دیر کے لئے مجید جلوؤں کی دنیا میں کھو گیا۔ سامنے ایک حسین سی لڑکی کھڑی کسی کا انتظار کر رہی تھی۔ مجید چونک پڑا اور اُسے یاد آیا کہ آج اس نے اپنی گرل فرینڈ کو فلم دیکھنے کی دعوت دی ہے اور وہ تھوڑی ہی دیر میں یہاں آنے والی ہے۔ وہ پریشان ہو گیا۔ اول تو پہلے وہ لیٹ ہو چکا تھا اور دوسرے اس نے بغیر سیٹ ریزرو کرائے شہلا کو فلم دیکھنے کی دعوت دیدی تھی۔ اسے اپنی حماقت پر افسوس ہوا۔ وہ سوچنے لگا اب کیا

کیا جائے۔ زیادہ سے زیادہ بیس منٹ میں شہلا آجائے گی۔ وہ نیوز ریل سے بہت بور ہوتی ہے۔ اس لئے اس نے دیر سے آنے کا وعدہ کیا تھا۔

مجید ٹہلتا ہوا بھیل پوری کی دکان پر جا کر کھڑا ہو گیا۔ "کہیں سے ٹکٹ مل سکتا ہے؟" مجید نے بھیل پوری والے سے پوچھا، "پکچر نئی ہے، تین ہفتے کا اڈوانس ہو چکا ہے" بھیل پوری والا بولا۔

"لاحول" مجید بڑبڑایا "یہ تو مجھے بھی معلوم ہے۔ میرا مطلب ہے کچھ بلیک وبلیک میں اُمید ہے"

"اُمید تھی" بھیل پوری والا بولا "مگر اب نہیں، پولیس نے غریب بلیک والوں کو بند کر دیا ہے۔ تب سے بلیک کا دھندہ بند ہے"

"پولیس کی ایسی تیسی" مجید دل ہی دل میں پولیس کو گالیاں دینے لگا۔ کمپاؤنڈ میں ایک پولیس کانسٹبل ہاتھ میں ڈنڈا لیئے گھوم رہا تھا۔ مجید نے اُسے ہچکچا کے دیکھا اور پھر نگاہیں پھیر لیں۔ کیونکہ کانسٹبل بھی اسی کی طرف دیکھ رہا تھا۔

مجید بڑی بے قراری کے ساتھ ٹہلنے لگا۔ سڑک پر کاروں اور انسانوں کا ہجوم تھا۔ سینما کے قریب بھیڑ بڑھتی جا رہی تھی۔ شہلا آگئی اور اُسے فلم دیکھے بغیر واپس جانا پڑا تو اسے کتنی ذلّت اٹھانی پڑے گی۔ اس خیال نے اسے بے چین کر دیا۔ کمپاؤنڈ میں ایک طرف سنیما کے منیجر کا آفس تھا۔ مجید بے دھڑک آفس میں گھس گیا۔

"مسٹر منیجر" وہ منیجر سے مخاطب ہو کر بولا "آج چھ بجے کے شو کے دو ٹکٹوں کی بہت سخت ضرورت ہے"

"افسوس ہے جناب آپ کو معلوم نہیں، تین ہفتہ کا اڈوانس بکنگ ہو چکا

ہے۔" منیجر بولا۔

"پلیز" مجید گڑگڑایا۔" آج اپنی گرل فرینڈ آرہی ہے۔"

"اگر ملکہ الزبتھ بھی آجائیں تو میں کچھ بھی نہیں کرسکتا۔" منیجر بولا۔

مجید پاؤں پٹکتا ہوا باہر نکل آیا۔ وہ سوچنے لگا اب کیا ہو۔ شہلا گھر سے نکل گئی ہوگی۔ گھر والوں سے اس نے بہانہ کیا ہوگا کہ اپنی سہیلی کے گھر جا رہی ہے اب وہ بس آنے ہی والی ہوگی۔ مجید تیز قدم اُٹھاتا ہوا سینما کی پشت والی گلی پر آگیا۔ گلی کے موڑ پر ایک خونخوار صورت کا غنڈا کھڑا تھا مجید اُسے دیکھتے ہی سہم گیا مگر ہمت کر کے اس نے پوچھ ہی لیا "ٹکٹ ہے؟"

"کب کا خلاص ہوگیا بابو" وہ بولا۔ "کل کا مانگتا تو ہے۔"

"کل کا نہیں ابھی کا چاہئے" مجید گڑگڑایا۔" دو ٹکٹ کا دس روپیہ تک دے سکتا ہوں۔"

"تو کون سا کمال کا بات ہے" وہ ایک خونخوار قہقہہ لگا کر بولا۔" اپن تو دس روپے کا ایک ٹکٹ بیچ چکا ہے۔"

"دیکھو دوست" مجید بڑی عاجزی کے ساتھ بولا "ٹکٹ کا بندوبست کردو میں تمہارا احسان زندگی بھر نہ بھولوں گا۔"

"معاف کرو" غنڈہ غصّے سے بولا۔" اپن کسی کے باپ کا نوکر نہیں ہے" مجید سہم گیا اور مری ہوئی چال چلتا ہوا دوبارہ اسی جگہ آگیا جہاں وہ پہلے کھڑا تھا۔

اب صرف پانچ منٹ باقی رہ گئے تھے۔ اب صرف پانچ منٹ بعد شہلا یہاں آنے والی ہے۔ وہ بے چین ہوگیا۔ سوچنے لگا۔ کاش! ریزرویشن کئے بغیر اُسے دعوت نہ دی ہوتی۔ لیکن اسے تو یقین تھا کہ منگل

کے دن بآسانی ٹکٹ مل جائے گا۔

اس کے قریب ہی ایک اندھا فقیر کھڑا تھا۔ مجید نے اُس کے پیالے میں دس پیسے ڈال دیئے۔

"خوش رہو بابا" فقیر نے دعا دی "دل کی مرادیں پوری ہوں" مجید بھڑک اُٹھا،" بابا کہیں ٹکٹ مل سکتا ہے؟" اس نے اندھے فقیر سے پوچھا۔

"نہیں بیٹا" فقیر بولا۔ "اس جگہ سب کچھ مل سکتا ہے ٹکٹ نہیں مل سکتا۔ پولیس والوں نے کالا بازار کرنے والوں کو جیل پہنچا دیا ہے۔ میرا ایک بیٹا بھی اسی جرم میں سزا بھگت رہا ہے۔"

"پولیس" مجید کی بھنوئیں تن گئیں۔" آخر بلیک کا دھندہ ہوتا ہے تو پولیس کے باپ کا کیا جاتا ہے" وہ غصے سے بڑبڑایا۔

اتنے میں ایک خوش پوش نوجوان "ہیلو ڈیئر" کا نعرہ لگاتا ہوا مجید کی طرف بڑھا، "کہو بھئی کیا حال ہے؟"

"حال بہت بُرا ہے" مجید بولا۔" آج میری گرل فرینڈ پکچر دیکھنے آرہی ہے۔ اور ٹکٹ نہیں ملتا۔ پولیس نے بلیک کا دھندہ بالکل بند کرا دیا ہے۔ میں بہت پریشان ہوں۔"

"ٹکٹ نہیں ملتا" نوجوان قہقہہ مار کر ہنس پڑا۔" ابے میں نے ابھی ابھی بلیک سے ٹکٹ خریدا ہے"

"سچ" مجید اچھل پڑا۔ "مجھے دو ٹکٹ مل سکتے ہیں؟"

"کیوں نہیں، آؤ میرے ساتھ" وہ بولا۔

مجید خوشی خوشی اس کے ساتھ چلنے لگا۔

"ابے اندر کہاں لے جا رہا ہے؟" مجید بولا "ذرا سنبھل کر خرید نا دیکھ

وہ سامنے پولیس والا موجود ہے۔ اور آج کل بہت خطرہ ہے۔"

نوجوان نے مجید کی کسی بات کا جواب نہیں دیا اور وہ کمپاؤنڈ کے ایک کونے میں کھڑے ہوئے پولیس کانسٹبل کے پاس مجید کو لے آیا۔

"حولدار انہیں دو ٹکٹوں کی ضرورت ہے۔"

مجید سہم گیا۔ دوست ایسی خطرناک شرارت پر اُتر آئے گا اس کا اسے گمان بھی نہ تھا۔

"یہ اپنا ہی یار ہے۔" نوجوان بولا۔

"دو" حولدار بڑے رازدارانہ لہجے میں بولا "ڈھائی روپے والے دس روپے میں پڑیں گے۔"

"بھئی مجھے معلوم ہے۔" جوان بولا۔ "ابھی تو میں نے آپ سے اسی ریٹ پر ایک ٹکٹ خریدا ہے۔"

حولدار نے اپنی جیب سے دو ٹکٹ نکال کر مجید کے ہاتھ پر رکھ دیئے۔ مجید حیرت سے حولدار کی طرف دیکھ رہا تھا۔ سامنے گیٹ پر شہلا ٹیکسی سے اتر رہی تھی۔

معجزہ

"میں ایک فلم پروڈیوس کر رہا ہوں۔"

اسٹوڈیو کی کینٹین میں چار آنے کی اوسل پاؤ کھاتے ہوئے مدن نے کہا۔ "اگلے ماہ کرسمس میں مہورت کرنے کا ارادہ ہے۔"

اسٹوڈیو کی کینٹین میں مدن کے ساتھ اس کے تین ساتھی بیٹھے ہوئے تھے۔ وہ سب فلمی دنیا میں برسوں سے ہاتھ پاؤں مار رہے تھے اس لئے انہوں نے مدن کی بات کا کوئی خاص نوٹس نہیں لیا۔ کیونکہ فلمی دنیا میں تو کینٹین بوائے سے لے کر لائٹ مرمت کرنے والے قلی تک سب ہی پروڈیوسر بننے کے خواب دیکھتے رہتے ہیں۔ کہا جاتا ہے کہ پرانے زمانے کے مشہور کامیڈین آنجہانی دکشٹ اسٹوڈیو کے دربان سے کینٹین کے بوائے تک ہر ایک کو سلام کرتے تھے کہ نہ جانے یہ کب پروڈیوسر بن جائے۔

مدن کو اس بات پر بڑی حیرت ہوئی کہ اس کے ساتھی اتنے بڑے انکشاف پر بھی نہیں چونکے، بلکہ بڑی سرد مہری کے ساتھ پتھر کے بت بنے

رہے۔

"ہیرو کے لئے مہندر کو سائن کر رہا ہوں۔" مدن نے چونکا دینے والا پٹاخہ داغا کیونکہ ان دنوں مہندر کا فلمی دنیا میں بڑا چرچا تھا۔ اس کا نام ہی فلم کی کامیابی کی ضمانت سمجھا جاتا تھا۔

"بچو! دو چار بار مہندر نے کار میں لفٹ دیدی اس کا غلط مطلب نہ نکالو۔ جانتے ہو مہندر ۱۶ لاکھ روپیہ معاوضہ لیتا ہے۔"

"میں بیس لاکھ دوں گا۔" مدن نے جواب دیا۔ اس پر ایک زبردست قہقہہ پڑا۔

"چلو، اسی خوشی میں آج ہمارا ایک روپیہ بیس پیسے کا بل ادا کر دو۔" مدن نے طیش میں آکر بل ادا کر دیا۔

اس روز اسٹوڈیو میں مہندر کی شوٹنگ تھی۔ شوٹنگ ختم کر کے مہندر جب باہر آیا تو مدن نے بڑھ کر اسے سلام کیا۔

"کیوں بھئی آج فری ہو؟" مہندر نے رسمی طور پر پوچھا۔

"صرف پہلی شفٹ میں کام تھا۔"

"آئی سی!"

"آپ سے ایک ضروری بات کرنی ہے۔"

"چلو ساتھ ہی چلتے ہیں۔"

مدن کو لفٹ مل گئی۔ مہندر کا ان دنوں مشہور ہیروئن کانچن مالا سے رومانس چل رہا تھا۔ ایک دوسرا ہیرو پریم کماران دونوں کی راہ میں کانٹا بنا ہوا تھا۔ مدن نے کسی شاطر تیرانداز کی طرح تیر چلایا: "آج پہلی شفٹ میں مس کانچن مالا کی شوٹنگ تھی، اور پریم کمار جی بھی آئے

تھے۔"

"کیا؟" مہندر کی کار ایک دوسری کار سے ٹکراتے ٹکراتے بچی۔ پھر اس نے سنبھل کر پوچھا۔

"لیکن وہ کیوں آیا تھا؟"

"کانچن جی سے ملنے۔"

"آئی سی۔" وہ کچھ دیر خاموش رہا۔ پھر یکایک بولا۔"دوست تم ایک کام کرو۔ کروگے نا؟"

"حکم دیجئے تو ابھی چلتی کار سے چھلانگ لگا دوں۔"

"شاباش!" مہندر کا چہرہ خوشی سے کھل اُٹھا۔"تم کانچن پر نظر رکھو اگر وہ کمینہ پریم دوبارہ پھر اس کے پاس نظر آئے تو فوراً مجھے اطلاع دینا۔"

"او۔ کے۔ سر۔"

اس روز مدن مہندر کا ہی مہمان رہا۔ خوب خاطر داری ہوئی۔

دوسرے دن اتفاق سے پریم دوبارہ کانچن مالا سے ملنے کے لئے آیا۔ مدن نے فوراً مہندر کو بتا دیا۔ مہندر اپنی شوٹنگ چھوڑ کر فوراً وہاں پہنچ گیا اور سیٹ پر وہ ہنگامہ ہوا کہ دیکھنے والے دیکھتے ہی رہ گئے۔

اب مدن کو مہندر کے قریب آنے کا اچھا موقعہ مل گیا تھا۔

ایک دن دونوں اکیلے تھے کہ مدن نے موقعہ سے فائدہ اُٹھایا۔"میرا خیال ہے مہندر صاحب کانچن جی کو پریم سے دور رکھنے کے لئے بمبئی سے باہر آؤٹ ڈور کا پروگرام بنایا جائے اور آپ دونوں ساتھ

ساتھ رہیں۔"

"لیکن آج کل تو ہم کسی فلم میں ایک ساتھ کام نہیں کر رہے ہیں۔"

"آئیڈیا، کیوں نہ خود فلم پروڈیوس کی جائے۔"

"اتنا وقت ہے کس کے پاس؟" مہندر بولا۔

"میں اس بکھیڑے میں نہیں پڑنا چاہتا۔"

"اگر اعتراض نہ ہو تو بندہ اس خدمت کے لئے تیار ہے۔"

"لیکن فائنانس؟ اس کا کیا بندوبست ہے؟"

"ہو جائے گا۔"

"اس معاملے میں مجھ سے کچھ اُمید نہ رکھو۔" مہندر بھی پکا گھاگ تھا۔
"نہ میں فائنانس کے لئے کسی سے تمہاری سفارش کروں گا۔ اور نہ مفت میں تمہاری فلم میں کام کروں گا۔"

"میں آپ کا پورا پورا معاوضہ دوں گا۔ صرف یہ سہولت دیجئے کہ میں رقم قسطوں میں ادا کر سکوں۔" مدن نے نہایت انکسار کے ساتھ کہا

"خیر اتنی سہولت تو میں دے سکتا ہوں۔"

"ایک سہولت اور" مدن نے کہا "ہیروئن کے لئے کانچن جی کو سائن کرنے کی اجازت دیجئے اور پندرہ دن کشمیر میں آوٹ ڈور کے لئے تاریخیں اسی مہینے میں دیجئے۔"

"یہ بھی ہو سکتا ہے۔ لیکن اڈوانس کتنا دو گے؟" مہندر نے کاروباری انداز میں سوال کیا۔

"پچاس ہزار روپئے۔"

"منظور"

"میں کل صبح کنٹریکٹ اور اڈوانس لیکر آرہا ہوں۔"

"ٹھیک ہے صبح کو نو بجے آجانا"

مہندر کے بنگلے سے رخصت ہو کر مدن سیدھا ایک فائنانسر کے پاس پہنچا۔ اس فائنانسر سے اس کی گاڑھی چھنتی تھی۔

"بھیئے دو لاکھ کی ضرورت ہے"

"کیوں؟ کیا کوئی اشتہاری فلم بنا رہے ہو؟"

"نہیں صاحب۔ ملٹی اسٹار فلم۔ ہیرو مہندر"

"مہندر کی فلم دو لاکھ میں؟ بھیا ہوش کی دوا کھاؤ، اتنا خرچ تو ایک شفٹ کا ہو گا"

"آپ صرف لاکھ روپیے دے دیجیئے مجھے۔ مہندر نے کل صبح کو نو بجے کانٹریکٹ سائن کرنے کے لئے بلایا ہے"

"ایک گھنٹہ بعد آسکتے ہو؟" فائنانسر نے کہا۔

"اس وقت مجھے ذرا ضروری کام ہے"

"آجاؤں گا"

مدن کے جاتے ہی فائنانسر نے مہندر کو فون کیا اور یہ تصدیق کر لی کہ وہ مدن کی فلم میں کام کر رہا ہے۔ ایک گھنٹے کے اندر فائنانسر نے ضروری کاغذات تیار کر رکھے۔ مدن کے آتے ہی اُس نے رقم اس کے حوالے کر دی۔ اور کاغذات پر دستخط کرالئے۔

"دو لاکھ تو بھیا یوں اڑ جائیں گے" فائنانسر نے چٹکی بجا کر کہا۔

"ایک کروڑ سے کم میں تو فلم بننے سے رہی"

"ایک کروڑ کیا دو کروڑ لگ جائیں۔ پرواہ کسے ہے؟ میرے پاس تو کورا چیک ہے، مہندر۔"

فائنانسر کے یہاں سے مدن سیدھا ایک بنک میں پہنچا وہاں اُس نے اپنا کھاتہ کھلوایا اور ایک لاکھ روپیہ بنک میں جمع کرا دیئے وہاں سے وہ ایک وکیل کے یہاں پہنچا اور اس سے ایک کانٹریکٹ کا نمونہ تیار کر لیا۔ اس کی پانچ کاپیاں تیار کرائیں۔ وکیل کی فیس کے پانچ سو روپیئے ادا کیئے۔

دوسرے دن مدن صبح کو ٹھیک نو بجے مہندر کے بنگلے پر پہنچا اور پچاس ہزار روپیئے پیشگی دے کر کانٹریکٹ پر اُس کے دستخط حاصل کر لیئے۔ وہاں سے وہ کانچن مالا کے بنگلے پر گیا۔ مہندر کے ساتھ پندرہ دن کشمیر کے رومان پرور ماحول میں شوٹنگ کے تصوّر سے ہی وہ جھوم اٹھی۔ دراصل وہ خود بھی مہندر کے قریب آنے کے لیئے کوئی بہانہ ڈھونڈ رہی تھی۔ اس نے فوراً کانٹریکٹ پر دستخط کر دیئے۔ مدن نے پچیس ہزار روپیئے اُسے پیشگی ادا کیئے۔

یہ دونوں کانٹریکٹ لیکر وہ ملک کے مشہور موسیقار ڈی۔ آر۔ لٹن کے یہاں پہنچا۔ مہندر اور کانچن مالا کے کانٹریکٹ دیکھ کر لٹن نے آنکھیں بند کر کے دستخط کر دیئے۔

مدن نے ایک شبھ گھڑی میں اپنی پروڈکشن نمبر ۱ کا مہورت طے کیا مہورت بڑی دھوم دھام کے ساتھ ہوا۔ مہندر اور کانچن مالا کو ایک مدت کے بعد ایک ساتھ دیکھنے کے لیئے لوگوں کی بھیڑ لگ گئی۔ فلمی ہستیوں کا پورا لشکر موجود تھا۔ اخباروں میں ڈھڑا دھڑ مہورت کی خبریں اور تصویریں شائع ہوئیں۔ مدن کی فلم کو مفت کی پبلسٹی مل گئی۔ مدن نے اس

پبلسٹی سے خوب فائدہ اٹھایا۔ ریڈیو سیلون کے ایک اشتہاری پروگرام میں مدن کا ایک انٹرویو نشر ہوا۔ دو چار فلمی جرائد میں اس کے مضامین چھپے پھر کیا تھا چاروں طرف مدن کی پروڈکشن نمبر ا کا چرچہ ہونے لگا۔ مدن نے ایک قلاش پروڈیوسر کا آفس کرایے پہ لیا۔ فون، فرنیچر اور اسٹاف کا مسئلہ بھی حل ہوگیا۔ مدن کے آتے ہی اس آفس میں رونق آگئی اخبار والے، بے روزگار اداکار، فلم انسٹی ٹیوٹ سے آنے والے نئے چہرے منڈلانے لگے۔ آفس میں مہورت شاٹ پر لی گئی تصویریں بڑے قرینے سے سجائی گئیں۔ دور اندیش ڈسٹری بیوٹروں نے دو حلقوں (ٹیرٹریز) کے لئے پندرہ پندرہ لاکھ روپے میں حقوق حاصل کر لیئے۔ دونوں نے پانچ پانچ لاکھ روپیئے اڈوانس بھی دے دیئے۔

مدن نے سب سے پہلے اپنے فائنانسر کے دو لاکھ روپیئے سود سمیت واپس کر دیئے۔ پھر فلمی دنیا کے ٹاپ ڈائریکٹر، فوٹو گرافر، رائیٹر، ایڈیٹر ڈانس ڈائریکٹر وغیرہ سے معاہدے کئے۔ سائیڈ رول کے لئے انسٹی ٹیوٹ سے آئے ہوئے نئے چہرے بہت کم معاوضے پہ کام کرنے کے لئے تیار ہوگئے۔ اب مدن کو کہانی کا خیال آیا۔ مہندر کی چار کامیاب فلموں کا "اچار" ڈالا گیا۔ رومانس، گانے، مار دھاڑ، گھوڑ دوڑ، کیمرے کی سیچوئنسز نکالی گئیں۔ لٹن نے پانچ دلکش گانے ریکارڈ کر لئے۔

مدن اپنے یونٹ کو لیکر کشمیر پہنچا وہاں سے مہندرا اور کانچن مالا کے رومانس کی خبریں آنے لگیں۔ بمبئی کے فلمی حلقوں میں ہلچل مچ گئی۔ ایک خبر یہ بھی پھیلائی گئی کہ ان دونوں نے خفیہ طور پہ ایک مندر میں شادی بھی کرلی ہے۔ فلمی رسالوں میں ان دونوں نے شادی کی خبروں کی تردید کی۔

آرٹسٹوں کے تعاون سے مدن نے تین مہینے کے اندر اپنی فلم مکمل کر لی۔ ملک کی سولہ اور غیر ممالک کی دو "ٹریٹریز" ہاتھوں ہاتھ بک چکی تھیں۔ مدن نے ہر حلقے کے لئے پندرہ لاکھ سے لیکر بیس لاکھ روپیئے تک کی لمبی رقمیں وصول کر لی تھیں۔

اس پورے ہنگامے میں پروڈکشن نمبر ا کا نام طے کرنے کی کسی کو فرصت نہیں تھی۔ فلم ایڈیٹنگ ٹیبل پر پہنچ چکی تھی۔ مدن نے اس فلم کا نام "چمتکار"، (معجزہ) طے کیا۔ کیونکہ اس نے جب یہ فلم شروع کی تھی اس کی جیب میں صرف دو سو روپئے تھے۔ اب اس نے ایک کروڑ لاگت کی فلم بنائی تھی۔ یہ ایک معجزہ ہی تھا۔ مہندر راور کانچن مالا نے اسے بھر پور تعاون دیا۔ یہ بھی ایک معجزہ تھا۔

فلم کے پوسٹر تیار ہوئے اور بمبئی کی دیواروں پر چپکنے لگے بڑے دھوم دھام سے فلم کا پریمیئر ہوا۔ بمبئی کے دس سینما گھروں میں یہ فلم ایک ساتھ ریلیز ہوئی۔ لیکن اب ایک اور معجزہ ہو گیا۔

لوگوں کو فلم کی کہانی اور پیش کش کا انداز کچھ بھی پسند نہیں آیا۔ فلم بُری طرح پٹ گئی۔ یہ معجزہ نہیں تو اور کیا تھا۔ ایسا معجزہ جو عوام نے کر دکھایا تھا۔

ایک رات کی آزادی

اجے بابو اپنی بیوی لکشمی کو اسٹیشن پر چھوڑ آئے تو انہیں ایسا محسوس ہوا گویا وہ اپنے بدن کا نصف حصّہ اسٹیشن پر چھوڑ آئے ہیں۔ بیس سالہ ازدواجی زندگی میں یہ پہلا موقعہ تھا۔ جب لکشمی اکیلے کہیں گئی تھی۔ ورنہ وہ تو سائے کی طرح اجے بابو کے ساتھ ہی رہتی تھی۔ اجے بابو نے بھی لکشمی کے بغیر کوئی کام اکیلے نہیں کیا تھا۔ مگر اب لکشمی کے سگے بھائی کی شادی تھی۔ اور اجے بابو کے آفس کا انسپکشن چل رہا تھا اس لئے انہوں نے دل پر پتھر رکھ کر لکشی کو اکیلے جانے دیا تھا۔ لکشمی کے بغیر ان کی زندگی نامکمل تھی۔ اتنی خدمت کرنے والی بیوی تو قسمت والوں کو ہی ملتی ہے۔ اجے بابو ہر روز جب صبح کو جاگتے تو لکشمی فوراً چائے کی پیالی انہیں پیش کرتی۔ وہ بستر سے اٹھتے تو ٹوتھ برش پر پیسٹ تک وہ لگا کر دیتی۔ غسل خانہ سے باہر آتے تو تیل کی بوتل اور کنگھا لئے وہ تیار ہی رہتی۔ ادھر اجے بابو صبح کا اخبار پڑھتے اُدھر وہ ناشتہ تیار کرتی۔ ناشتہ کرکے وہ آفس کے لئے باہر نکلتے تو ٹفن ان کے ہاتھ میں

دیتی۔ جب تک کہ گلی کے نکڑ پر وہ نظروں سے اوجھل نہ ہو جاتے وہ دروازے پر کھڑی ہوئی انہیں دیکھتی رہتی۔ اس کا بس چلتا تو بس اسٹاپ تک بھی اچے بابو کے ساتھ ہی ساتھ آتی۔ اور ممکن ہوتا تو شاید آفس تک بھی پہنچ جاتی کہ اچے بابو کو قلم چلاتے وقت دِقّت نہ اُٹھانی پڑے صرف بس اسٹاپ اور آفس ان دو جگہوں پر وہ اچے بابو کے ساتھ نہ رہتی۔ ورنہ آفس کے اوقات کے بعد چہل قدمی کے لئے، سبزی منڈی کے لئے۔ مندر کے لئے ہر جگہ وہ دونوں ساتھ ہی رہتے۔ شادی کو بیس سال ہو گئے تھے لیکن ان کی محبت میں کسی بھی طرح کی کمی نہ آئی تھی۔ دونوں اولاد کی نعمت سے محروم تھے۔ لیکن انہوں نے کبھی ایک دوسرے سے ناراضگی کا اظہار نہیں کیا۔ محلے والوں نے ان کا نام لیلیٰ مجنوں رکھ چھوڑا تھا۔ پاس پڑوسیوں سے ان کی واقفیت صرف نمسکار تک محدود تھی۔ ایک پڑوس کا نارائن بابو کبھی کبھار اچے بابو سے بات چیت کر لیتا تھا۔ باقی پڑوسیوں میں تو یہ جوڑا مذاق کا موضوع بنا ہوا تھا۔

آج اچے بابو چونکہ گھر میں اکیلے تھے۔ اس لئے رات کو وہ جلدی ہی سو گئے۔ صبح کو ان کی آنکھ کھلی تو دن چڑھ آیا تھا۔ بستر پر لیٹے لیٹے انہوں نے ایک بھرپور انگڑائی لی۔ اور پھر سو گئے۔ انہیں آج جگانے والا کوئی نہ تھا۔ جب نیند پوری ہوئی تو چائے کی یاد آئی۔ انہوں نے دروازے میں کھڑے ہو کر ہوٹل والے کو آواز دی۔ چائے پی کر پیسے دئے اور پھر دروازہ بند کر لیا۔ نہا دھو کر وہ گھر سے باہر نکلے۔ ایرانی ہوٹل میں جا کر ناشتہ کیا۔ پھر ٹہلتے بس اسٹاپ پر آئے۔ آفس میں بھی وہ

اچھے خاصے موڈ میں تھے۔ آفس سے باہر نکلے تو فٹ پاتھ پر پہلی بار انہیں رنگینیاں نظر آئیں۔ دیر تک وہ بے مقصد ٹہلتے رہے۔ سینکڑوں حسین چہرے ان کے سامنے سے گذر گئے۔ اچے بابو نے سوچا زندگی کتنی حسین ہوتی ہے۔ وہ اپنے خیالوں میں مگن آگے بڑھ رہے تھے۔ کہ ان کے پڑوسی نارائن بابو مل گئے۔

"ارے آپ اچے بابو! ادھر اکیلے؟"

"بیوی اپنے بھائی کی شادی میں گئی ہے۔"

"کب واپس لوٹیں گی؟"

"سات دن بعد"

"تو ملاؤ ہاتھ۔" نارائن بابو ہاتھ آگے بڑھاتے ہوئے بولے۔"سات دن آزادی کا جشن مناؤ یار! یہ بھی کوئی زندگی ہے کہ عورت صبح سے شام تک سائے کی طرح پیچھے رہے۔"

نارائن بابو انہیں زبردستی اپنے دوستوں کی محفل میں کھینچ لے گئے۔ وہاں تاش اور لطیفوں کی محفل گرم تھی۔ اچے بابو اس روز اتنے ہنسے کہ شاید زندگی میں کبھی اتنا نہ ہنسیں ہوں گے۔

جب وہاں سے اٹھے تو رات کے دس بج گئے تھے۔

"چلئے کسی ہوٹل میں کھانا کھاتے ہیں۔" نارائن بابو نے تجویز رکھی۔ اچے بابو نے زندگی میں انکار کرنا نہیں سیکھا تھا۔ وہ نارائن بابو کی تجویز سے متفق ہو گئے۔

نارائن بابو انہیں ایک شاندار ہوٹل میں لے گئے۔

"کبھی کبھار پینتے تو ہوں گے آپ؟" نارائن بابو نے بڑی رازداری

کے ساتھ پوچھا۔

"نہیں، نہیں، میں پیتا پلاتا نہیں۔"

"دو گھونٹ پینے سے کیا آدمی شرابی بن جاتا ہے۔ بابو آج تو تمہاری آزادی کا جشن ہے انکار نہ کرنا۔"

اجے بابو فرماں بردار بچّے کی طرح خاموش بیٹھے رہے۔ نارائن بابو نے دو پیگ کا آرڈر دیا۔

"ویسے کالج میں — یعنی کالج کے زمانے میں دیوالی، دسہرے پر کبھی کبھار دوستوں کے ساتھ پی لیتا تھا۔" اجے بابو نے شیخی بگھاری۔

"آج کی رات کو بھی دیوالی کی رات سمجھ لو یار۔"

وہ بڑے زور سے ہنسے۔

ایک پیگ حلق سے نیچے اترتے ہی اجے بابو کے چاروں طبق روشن ہو گئے۔

"کون کہتا ہے کہ میں غلام ہوں۔" وہ بڑبڑائے۔ میں آزاد پنچھی ہوں ہوا میں اڑ سکتا ہوں۔ اڑ کر دکھاؤں؟"

نارائن بابو نے انہیں بڑی مشکل سے قابو میں کیا۔ ورنہ وہ تو واقعی اُڑنے کے لئے پر تول رہے تھے۔ لیموں کا پانی پلا کر جب انہیں نارمل کیا گیا تب وہ کھانے پر ندیدوں کی طرح ٹوٹ پڑے۔

گھر آکر ایسے سوئے کہ صبح کو ہی آنکھ کھلی۔ منہ ہاتھ دھو کر انہوں نے چائے پی اور چائے کے بعد وہ اپنی بیوی کو خط لکھنے بیٹھ گئے۔

ڈیئر لکشمی

میں یہاں مزے میں ہوں۔ میری فکر نہ کرنا۔ مدّت

کے بعد تم میکے گئی ہو۔ واپس آنے کی جلدی نہ کرنا۔ پندرہ بیس دن بعد واپس آسکتی ہو۔

تمہارا

اجے

خط پوسٹ کرنے کے بعد اجے بابو آفس چلے گئے۔ آفس سے چھٹی ملی تو نارائن بابو باہر ان کے منتظر ہی تھے۔ دونوں نے آج کی رات رنگین بنانے کا فیصلہ کیا۔ ایک اونچے قسم کے ہوٹل میں کیبرے دیکھنے کا پروگرام طے ہوا۔

اجے بابو کے پاس ایک ہی سوٹ تھا۔ وہ اسی سوٹ کو پہن کر اس ہوٹل میں جانے کا ارادہ کرنے لگے۔ گھر جا کر انہوں نے وہ سوٹ ڈھونڈ کر نکالا۔ بن سنور کر وہ باہر جانے کے لئے تیار ہوئے۔ اتنے میں دروازے پر دستک ہوئی۔

"آتا ہوں، نارائن بابو۔" کہہ کر وہ دروازے کی طرف لپکے۔ دروازہ کھولا تو چونک پڑے۔ سامنے ان کی بیوی لکشمی کھڑی تھی۔ وہ بھی اجے بابو کو دیکھ رہی تھی۔

"بھیا کی شادی ہوتے ہی میں گاڑی میں سوار ہوگئی۔ یہاں بھلا تمہاری دیکھ بھال کرنے والا کون ہے؟"

"نارائن بابو—" اجے بابو دل ہی دل میں بڑبڑائے اور آہستہ سے بولے "ہمارے آفس کا انسپکشن ہوا ہے نا۔ اس لئے آج پارٹی ہے۔ لیکن اب تم آگئی ہو تو جانے کا پروگرام کینسل۔" یہ کہہ کر نہایت بے زاری کے ساتھ کوٹ اتارنے لگے۔ اس انداز سے جیسے آزادی کا پرچم نیچے اتر رہا ہو۔

ادھورے سفر کے ساتھی

ہم دونوں نے اپنے بڑھاپے کے مناسب استقبال کا پورا خاکہ تیار کرلیا تھا۔ پیشگی منصوبہ بندی یوں بھی شیلا کی پرانی عادت تھی۔ میری ۵۴ ویں برتھ ڈے پارٹی کے بعد شیلا نے مجھے یاد دلایا کہ اب پانچ چھ برس بعد میں بوڑھا ہونے والا ہوں۔ بڑھاپے کے بے خروش قدموں کی چاپ مجھے سنائی دینے لگی تھی۔ لیکن میں نے کبھی سنجیدگی کے ساتھ اس پر غور نہیں کیا تھا۔ جب شیلا نے مجھے یاد دلایا تو میری آنکھوں کے سامنے خود اپنا جھریوں بھرا چہرہ، سفید بال اور تھرتھراتے ہوئے قدم نظر آنے لگے۔ پھر ہم دونوں اپنی آئندہ زندگی کا نقشہ مرتب کرنے لگے۔

امریش یونیورسٹی میں پڑھ رہا تھا۔ نمرتا بھی جوانی کی منزل میں قدم رکھ چکی تھی۔ ہم نے سوچا ان دونوں کی شادی ہو جائے گی نمرتا سسرال چلی جائے گی اور امریش اپنے کاروبار یا ملازمت کے سلسلے میں ہم سے دور ہو جائے گا پھر ہم ہوں گے اور ہماری تنہائیاں۔

لیکن ہم نے ان تنہائیوں کا حل تلاش کرلیا تھا۔ شیلا نے غریب

اور بے سہارا بچوں کے لئے اسکول کھولنے کا ارادہ کر رکھا تھا۔ اور میں اپنا لکھنے لکھانے کا شوق پورا کرنا چاہتا تھا۔

چنانچہ طے پایا کہ صبح سویرے ہم جلد اٹھ جایا کریں گے۔ ساتھ ساتھ مندر جایا کریں گے۔ وہاں سے آکر میں تخلیقی کام میں منہمک ہو جایا کروں گا۔ اور شیلا اپنے اسکول چلی جائے گی، دوپہر کو آرام، شام کو چہل قدمی۔ ہفتے میں ایک بار سینما یا کوئی اچھا سا ڈرامہ، باقی زندگی مزے میں کٹ جائے گی۔

بڑے سوچ بچار کے بعد یہ نقشہ بنا تھا۔ مگر ایک دن پل بھر میں درہم برہم ہو گیا۔ اچانک شیلا مجھے اکیلا چھوڑ کر چلی گئی۔ ڈاکٹر نے بتایا کہ موت برین ہیمبرج سے ہوئی ہے۔ شیلا کے چلے جانے کے بعد میں تنہا رہ گیا۔ کسی تھکے ہوئے مسافر کی طرح جو آدھے راستے میں اپنی منزل بھول جاتا ہے اور پھر دیوانوں کی طرح منزل کی تلاش میں بھٹکتا ہے بنگلے کی ہر چیز شیلا نے اپنی مرضی سے سجائی تھی۔ دروازے اور کھڑکیوں پر لگے ہوئے پردے تک اس کی پسند کے تھے۔ ہر چیز اس کی یاد دلاتی ہر طرف اس کا عکس نظر آتا۔ روزمرّہ کے ہر کام میں وہ گھر کی مختارکل تھی۔ میرے لئے کپڑے کا انتخاب بھی وہی کرتی تھی۔ "آج سرمئی رنگ کی تنی شرٹ پہنئے ___ آج سردی ہے بادامی سوٹ پہن کر جائیے ___" "ٹائی آج عنابی رنگ کی ہو ___" شیلا کے بغیر میں زندہ رہنے کا تصور بھی نہیں کر سکتا۔

امریش یونیورسٹی اسٹوڈینٹ تھا۔ اس کے بہت سے دوست تھے۔ جن کے ساتھ ان کا دل بہل سکتا تھا۔ کچھ دن تک تو ضرور وہ ماں کی یاد میں تصویر یاس بنا رہا، لیکن جلد ہی اپنی پرانی روش پر آگیا۔ تمرتا نئے

زمانے کی ماڈرن لڑکی تھی۔اس کے اپنے مشغلے تھے۔ وہ اپنے مشغلوں اور سہیلیوں میں اتنی مصروف ہوئی کہ اس نے بھی ماں کو بھلا دیا۔لیکن میں شیلا کو کیسے بھول سکتا تھا۔ زندگی کے بائیس سال ہم نے ایک ساتھ گزارے تھے۔ سکھ دکھ میں ہم برابر کے شریک تھے۔ ایک ایک دن میرے ذہن میں محفوظ تھا۔شیلا دلہن بن کر میرے گھر آئی ہے۔ شیلا امریش کی ماں بنی۔ امریش کے برتھ ڈے پارٹیاں، ہنگامے، پھر نمرتا کا جنم، ہنسی مذاق، قہقہے، سارے جگمگاتے دن خوش رنگ تتلیوں کی طرح اڑ گئے۔ اور زندگی یادوں کی جلتی بجھتی دیپ مالا بن گئی۔ دل کو ہلکا کرنے کی، مجھے ایک ہی سبیل نظر آئی۔ کیوں نہ میں ان یادوں کو ایک کتاب میں تبدیل کرلوں؟ وقت بھی کٹ جائے گا اور یادیں بھی محفوظ ہوجائیں گی۔

آفس میں ایک اسمارٹ لڑکی میری اسٹینوگرافر تھی۔ میں نے اس سے کہا،" رجنی میں ایک کتاب لکھنا چاہتا ہوں۔شام کو اگر میرا ڈکٹیشن لینے کے لئے آجاؤ تو علیحدہ معاوضہ دے سکتا ہوں۔" " مجھے معاوضہ نہیں چاہئے، سر۔" رجنی نے کہا۔" آپ چاہیں تو کتاب مکمل ہوجانے کے بعد کوئی انعام دے دیں۔"

" یہی سہی "، میں نے کہا۔ اور دل میں سوچ لیا کہ کتاب مکمل ہوجانے کے بعد اسے ضرور کوئی انعام دوں گا۔

وعدے کے مطابق، رجنی شام کو سات بجے آگئی۔ پہلا دن تھا۔ اور پھر ذہن بھی زیادہ رواں نہ تھا۔ صرف دو صفحات پورے ہوئے۔ دوسرے دن آٹھ صفحات ہوگئے۔ اور پھر ایک دن تو وقت کا احساس اس وقت ہوا جب کلاک نے دس بجائے۔ امریش اور نمرتا ڈنر کے لئے

میرا انتظار کر رہے تھے ۔ اس روز رجنی نے ہمارے ساتھ کھانا کھایا ۔ رات زیادہ ہو چکی تھی اور اسے شہر جانے کے لئے بس نہیں مل سکتی تھی ۔ اس لئے میں نے امریش سے کہا کہ وہ اسے کار میں اس کے گھر چھوڑ آئے ۔ پھر ایسا اکثر ہونے لگا ۔ موڈ اچھا ہوتا تو وقت اڑتا چلا جاتا ۔ رجنی ہمارے ساتھ کھانا کھاتی اور امریش اسے کار میں گھر چھوڑ آتا ۔

ایک شام ہم ڈکٹیشن چیک کر رہے تھے کہ رجنی نے پوچھا "سر کیا میم صاحب بہت خوبصورت تھیں ۔؟"

"ہاں ، بہت خوبصورت ۔"

"ان کی آنکھیں تو بہت خوبصورت تھیں ، سر ۔"

"تم نے کبھی دیکھا تھا انہیں ؟"

"ان کی تصویر دیکھی ہے ۔ امریش بابو نے دکھائی تھی ۔ ایک مزے کی بات سنیئے نمرتا کہہ رہی تھی کہ میری آنکھیں بالکل میم صاحب کی آنکھوں سے ملتی جلتی ہیں ۔" اس کے لہجے میں بچپنا تھا ۔

میں نے پہلی بار غور سے اس کا چہرہ دیکھا ۔ اس کی آنکھیں ۔ اس کے گال ، اس کے لمبے بال سب شیلا جیسے ہی تھے ۔ اسی کی عمر میں شیلا دلہن بن کر میرے گھر آئی تھی ۔ اور وہ بھی اسی انداز میں ایسے ہی سوالات پوچھتی تھی ۔ میرے بال کیسے لگتے ہیں آپ کو ؟ میری سہیلیاں تو کہتی ہیں تو کوئی راج کماری ہے ۔ آپ کو میں کیسی لگتی ہوں ۔"

رجنی کام ختم کر کے جب واپس جانے لگی تو میں اسے دیکھتا ہی رہ گیا ۔ اس کی چال بھی شیلا جیسی تھی ۔ میں اپنی کرسی سے اُٹھ کھڑا ہوا اور کھڑکی کھول دی ۔ رجنی پھاٹک کھول کر باہر جا رہی تھی ۔ جب اس نے پھاٹک

بند کیا تو اس کی نظر اوپر اٹھ گئی۔ مجھے سامنے دیکھ کر اُس نے مسکرا کر "بائی، بائی" کہا۔ بالکل اسی انداز سے جس طرح شیلا نے پہلی بار میکے جاتے ہوئے کیا تھا۔ میرے دل میں ہوک سی اٹھی۔

میں رات بھر بے چینی کے ساتھ کروٹیں بدلتا رہا۔ مجھے نیند نہیں آرہی تھی۔ کبھی شیلا سامنے کھڑی نظر آتی اور کبھی رجنی، مجھے ایسا محسوس ہونے لگا جیسے زندگی میں جو خلا پیدا ہو گیا ہے اسے صرف رجنی بھر سکتی ہے۔ رجنی انیس سال کی نوجوان لڑکی۔ اور میں ۴۵ سال کا مرد۔ اسے مجھ سے کیا دلچسپی ہو سکتی ہے۔

لیکن اگر دلچسپی نہیں تو پھر وہ شیلا سے اپنا موازنہ کیوں کرانا چاہتی ہے۔؟ پھر مجھے خیال آیا کہ آج کل کے متوسط طبقے کی لڑکیاں، جو بنگلے، کار فریج اور عیش و عشرت کی زندگی کے خواب دیکھتی رہتی ہیں اپنے خوابوں کو حقیقت میں بدلنے کے لئے عمر رسیدہ دولت مند شخص سے شادی کر لینے میں مضائقہ نہیں سمجھتیں۔ نوجوان لڑکے کماتے ہی کتنا ہیں۔ وہ صرف وعدے دے سکتے ہیں۔ بنگلے، کاریں، بنک بیلنس نہیں۔ امیری کی زندگی بسر کرنے کے لالچ میں جب کچھ لڑکیاں جسم فروشی جیسے ذلیل پیشے کو اپنا لیتی ہیں تو پھر کسی امیر مرد سے شادی کر لینے میں کیا برائی ہے ؟۔ مغربی ملکوں میں تو چالیس برس کی عمر کے مرد حسین عورتوں کے آئیڈیل ہوتے ہیں۔ ضرور رجنی شیلا کی جگہ لینا چاہتی ہے۔ اس لئے بار بار مجھے دھیان دلاتی ہے کہ اس کی آنکھیں شیلا کی آنکھوں جیسی ہیں۔ اس طرح کی باتوں کی پہل خود رجنی نے کی تھی۔ میں نے تو اسے پہلے نظر بھر کر دیکھا بھی نہ تھا۔ پھر میری ذہنی رو نے پلٹا کھایا۔ اور مجھے خیال

آیا کہ اس عمر میں تو مجھے امریش اور نمرتا کی شادی کے بارے میں سوچنا چاہیے۔ مگر اس کے ساتھ ہی یہ خیال بھی آیا کہ جب وہ شادی کر کے مجھے تنہا چھوڑ دیں گے تو پھر زندگی کا یہ لمبا سفر کیسے کٹے گا۔ صبح ہوتے ہوتے میں فیصلہ کر چکا تھا کہ اس سلسلے میں رجنی سے دو ٹوک بات کر لینے میں کوئی حرج نہیں۔

دوسرے دن رجنی کو میں نے اپنے ساتھ لنچ پر چلنے کی دعوت دی جو اس نے بخوشی قبول کر لی۔ ہم دونوں نے ایک شاندار ریستوران کے ایک تنہا گوشے میں میز سنبھالی۔ لنچ کا آرڈر دینے کے بعد میں نے رجنی کی طرف دیکھا۔ اس کی آنکھوں میں مسرت بھری چمک اٹھی۔

"رجنی!"

"یس سر"

"یہ سرور کا چکر چھوڑ دو۔" میں نے مسکراتے ہوئے کہا۔ "مجھے آج تم سے ایک ضروری بات کرنا ہے۔"

وہ ہمہ تن گوش ہو کر سننے لگی۔

"رجنی تم جانتی ہو، میں اکیلا ہوں۔ گھر میں میری دیکھ بھال کرنے والا کوئی نہیں۔ میں چاہتا ہوں یہ ذمہ داری تم اپنے سر لے لو۔ امریش اور نمرتا بھی خوش ہو جائیں گے۔ وہ دونوں بھی تمہاری خوب تعریف کرتے ہیں۔ امریش تو کہہ رہا تھا۔۔"

"کیا کہہ رہے تھے وہ۔" اس کے لہجے میں امریش کے لئے احترام تھا۔

"وہ کچھ نہیں کہہ رہا تھا میں کہہ رہا ہوں ......" میں کہتے کہتے رک گیا۔

"میں سمجھ گئی سر" وہ اپنے سر پر پلّو درست کرتے ہوئے بولی۔
"ہم دونوں ایک دوسرے کو بہت چاہتے ہیں۔ امریش بابو نے آپ سے یہی کہا ہو گا۔"
"امریش نے؟"
"جی ہاں، انہوں نے کہا تھا کہ وہ آپ کو سب کچھ بتا دیں گے۔" وہ شرما گئی۔ "سر، مجھے آپ کی بہو بن کر بہت خوشی ہو گی۔ میں آپ کے گھر کی تمام ذمہ داری سنبھال لوں گی۔ آپ کی اتنی سیوا کروں گی کہ آپ ماں جی کی کمی محسوس نہیں کریں گے۔"
میرے چہرے پر کئی رنگ آئے اور گئے اور پل بھر میں میرے دل کے اندر جاگا شیطان مر گیا۔ اور سویا ہوا باپ جاگ اٹھا میں نے پدرانہ شفقت سے رجنی کے سر پر ہاتھ رکھ دیا۔ اور بھرّائی آواز میں کہا "رجنی میں نے تم سے وعدہ کیا تھا کہ کتاب پوری ہو جانے کے بعد میں تم کو ایک بڑا انعام دوں گا۔ کتاب ابھی پوری نہیں ہوئی مگر تمہارا انعام حاضر ہے۔ امریش۔"
اس کی آنکھوں سے خوشی کے آنسو چھلک پڑے۔

آگ پانی میں لگی

ایک مدّت بعد میں اپنے وطن آیا تھا۔ جلگاؤں ۔ پانی کا شہر۔ اپریل کا مہینہ تھا۔ رات کے آٹھ بجے تھے۔ لیکن گرمی کم نہیں ہوئی تھی۔ پسینے کی دھاریں بہنے لگیں۔ لیکن وطن آنے کی خوشی میں گرمی کا کچھ زیادہ احساس نہیں ہوا۔ کہتے ہیں وطن کی ہر چیز پیاری ہوتی ہے۔ پھر اس گرمی سے نفرت کیسے! میں تو ترس گیا تھا۔ اس جانی پہچانی گرمی کے لیے۔

اسٹیشن پر مسافروں کا ہجوم تھا۔ میں نے چاروں طرف نظریں دوڑائیں۔ اسٹیشن پر بھیڑ بھاڑ کوئی نئی بات نہیں۔ ایک نئی بات میں نے ضرور دیکھی ہے۔ کمپارٹمنٹ کے سامنے ہاتھوں میں پانی کی بالٹیاں اور گلاس لئے کچھ نوجوان، مسافروں کو پانی پلا رہے تھے۔ وہاں کے نوجوانوں نے اسٹیشن پر یہ نیا انتظام کیا تھا۔ خوشی ہوئی یہ دیکھ کر۔ ٹی۔اسٹال وہی پرانا تھا۔ بک اسٹال بھی ویسا ہی تھا۔ بک اسٹال پر بیٹھنے والا بھیّا ضرور بوڑھا ہوگیا تھا ٹکٹ کلکٹر بھی جانے پہچانے تھے۔ انہوں نے ٹکٹ پوچھنے سے پہلے خیریت پوچھی وہ کالج میں مجھ سے دو سال سینئیر تھے۔ انہیں دیکھ کر کالج کے

کئی ساتھی یاد آ گئے۔

جگن۔ موٹا تازہ، سیاہ فام، جس محفل میں جاتا قہقہے اُبھر جاتے۔ میں اکثر اُسے چڑاتا۔ "بیٹا! پیسہ کمانا ہے تو لکس کمپنی کے آفس میں چلے جاؤ۔ ان سے کہو، فلم اسٹاروں کی طرح میں بھی لکس استعمال کرتا ہوں کمپنی والے گھبرا کر کوراچیک دے دیں گے کہ کبھی یہ بات پبلک میں نہ کہنا ہمارے بزنس پر اثر ہوگا۔" وہ کہتا میں افغان سنو والوں کے یہاں بھی جاؤں گا۔ ممکن ہے ایک چیک وہاں بھی مل جائے۔" بڑا زندہ دل تھا۔ کسی بات پر ناراض ہونا تو گویا اُسے معلوم ہی نہ تھا۔ ایک بار ہم چند دوستوں نے اُسے مذاق ہی میں ایک پانی کے حوض میں ڈھکیل دیا۔ کپڑے اور کتابیں تک خراب ہوگئیں۔ لیکن کمبخت کا موڈ نہ خراب ہوا۔ کہنے لگا۔ "چلو دھلائی کے پیسے بچے۔"

جگن ہریجن تھا۔ مہینے میں پہلی تاریخ کو اسے سرکار کی طرف سے فری شپ ملتی تھی۔ ہر ماہ پہلی تاریخ کو ہم اس کی بہت تعریف کرتے تھے۔ اس کی شخصیت اور باڈی کو سراہتے۔ اس کا مقابلہ دارا سنگھ اور راجیت سے کرتے۔ وہ اپنی تعریف سے بہت خوش ہوتا اور فری شپ کی ایک نوٹ ہماری تواضع پر خرچ کرتا۔ اس دن سے آئندہ ماہ کی پہلی تاریخ تک وہ اپنی تعریف ہمارے منھ سے سننے کے لئے بے چین رہتا۔ لیکن اس کی مدح سرائی کا دن صرف پہلی تاریخ ہوتی۔ جو مہینے میں صرف ایک بار آتی۔ ان دنوں — جونیئر بی۔ اے میں ایک کالی اور بڑی بھدی سی لڑکی تھی۔ ہم نے جگن کے ساتھ اس کے رومانس کی خبریں اڑا دیں۔ غریب کا صفائیاں پیش کرتے کرتے بُرا حال تھا۔

باگل ایک دوسرا دوست تھا۔ وہ آج کل پولیس آفیسر ہے۔ اگروال، کلکرنی، جوشی اور بہت سے دوست یاد آ گئے۔ کالج کی پلیننگ فورم کا الیکشن

تھا۔ میں مقابلے میں کھڑا رہا۔ میرے لئے اگروال اور جوشی نے فارم واپس لے لئے۔ میں بلا مقابلہ منتخب ہو گیا۔ کالج میں ہم نے سیرۃ النبی کا جلسہ کیا تو سیکڑوں طلبہ حاضر تھے۔ وہ بڑے غور سے مقررین کی تقریر سُن رہے تھے۔

خیالات میں ڈوبا ہوا میں اسٹیشن سے باہر آگیا۔ تانگہ اسٹینڈ اور دونوں طرف ہوٹلوں کی قطاریں۔ جلگاؤں کے تانگے والے بہت شریف ہوتے ہیں نمبر لگا کر کھڑے ہوتے ہیں اور بڑی خاموشی سے اپنی باری کا انتظار کرتے ہیں۔ تانگہ اسٹینڈ کے قریب ہی ڈاکٹر امبیڈکر کا مجسمہ ہے شہر میں داخل ہوتے ہی سب سے پہلے یہ مجسمہ نظر آتا ہے۔

ہم یکّے میں سوار ہوئے۔ اتفاق سے وہ ہمارا جانا پہچانا یکّہ تھا گھوڑا سُست رفتار تھا لیکن یکّہ بان شریف۔ ہم اکثر مذاق سے کہا کرتے تھے۔ "چاچا! جمعہ کی نماز کو جانا ہے، جمعرات کے دن ٹم ٹم لے آنا نماز کے وقت تک ہم ضرور پہنچ جائیں گے۔" وہ بھی خوب ہنستا۔

یکّہ بان خوش تھا۔ گویا اسی کے گھر مہمان آئے ہوں میرے ساتھ میری بیوی اور بچے بھی تھے۔ وہ بچوں سے بھی بات چیت کرتا جاتا اور درمیان میں جلگاؤں کے حالات بھی سُناتا۔

اسٹیشن کے سامنے والی سڑک کچھ زیادہ وسیع نظر آرہی تھی۔ میونسپلٹی نے ٹریفک کا دوطرفہ انتظام کیا تھا۔ درمیان میں پودوں کی قطاریں اور قمقموں کی ایک لمبی سی قطار۔ دور سے پنڈت نہرو کا خوبصورت سنگِ مرمری مجسمہ جگمگا رہا تھا۔ ہم خاندیس مِل کے سامنے سے نئی منڈی کی بلڈنگ تک آگئے۔ اب وہاں ایک برانڈی شاپ ہے۔ پہلے ایک ہوٹل ہوا کرتا تھا۔ ہم باہر سے اس ہوٹل کی صفائی اور سلیقہ دیکھ کر کئی بار اس میں جانے کا پروگرام بناتے لیکن افسوس

کہ وہ دن کبھی نہیں آیا۔

ہم پنڈت نہرو کے مجسمے کے قریب سے گزرنے لگے ۔ بچوں نے مجسمہ پہچان لیا اور "پنڈت جی، نہرو چاچا" چلانے لگے۔ میری آنکھوں کے سامنے ایک منظر گھوم گیا۔ میں بھی بچہ تھا۔ پنڈت نہرو، شاید الیکشن کے سلسلے میں جلگاؤں آئے تھے۔ میں بڑی دیر تک ایک چوراہے پر ان کی ایک جھلک دیکھنے کے لئے اپنے دوستوں کے ساتھ کھڑا تھا۔ جب وہ کھلی جیپ میں وہاں آئے تو ہم "پنڈت جی — نہرو چاچا زندہ باد" کے نعرے لگانے لگے۔ سارا مجمع جئے جئے کرنے لگا۔ ہم نے دل بھر کر پنڈت نہرو کو دیکھا۔ مجھے آج تک یاد ہے ۔ انہوں نے اس دن کونسی شیروانی پہنی تھی کس رنگ کے جوتے پہنے تھے ۔

اس چوراہے سے کچھ حسین یادیں بھی وابستہ ہیں ۔ وہاں میری سسرال ہے، اسی چوراہے سے میری برات آئی تھی۔ اور سڑک کے کنارے ایک بڑے سے شامیانے میں عقد خوانی ہوئی تھی ۔

والدین پرانے خیالات کے تھے مگر انہوں نے شادی کے بارے میں میری رائے پوچھی۔ بحث و مباحثہ کے بعد طے ہوا کہ مسز شرما جو میرے والد کے دوست کی بیوی تھی "تھرڈ پارٹی" کی حیثیت سے لڑکی دیکھنے جائیں اور ان کا فیصلہ آخری ہو۔ مسز شرما نے شرط رکھی کہ اگر مسز شرما کو لڑکی پسند نہ آئے تو بات وہیں ختم ہو جائے گی۔ ہم نے ہاں کہہ دی۔ مسز شرما کو سپریم کورٹ کے اختیارات مل گئے، جس کے فیصلے پر کوئی اپیل نہیں ہوئی۔ لڑکی کے والدین دونوں وکیل تھے۔ حالیہ الیکشن میں وہ ممبر پارلیمنٹ چنے گئے۔ بعض لوگوں نے الیکشن کے موقع پر اندیشہ ظاہر کیا تھا کہ اس حلقے میں صرف چالیس ہزار مسلم ووٹر ہیں اور کامیابی مشکل ہے۔ الیکشن کے موقعے پر ایک لاکھ

اسی ہزار ووٹوں کا ابرِ رحمت برسا۔ اور وہ کامیاب ہو گئے۔ لڑکی کی پسند کا الیکشن بھی انہوں نے جیت لیا۔

برات بڑی دھوم دھام سے نکلی۔ سیکڑوں نے برات میں شرکت کی سوٹ بوٹ، شیروانی، دھوتی اور جاکٹوں میں ملبوس غرض کہ ہر طرح کے مہمان۔ بینڈ باجے، ہنگامہ۔ وہ جن کی پیشانیوں پر کثرتِ عبادت سے سیاہ نشان بن گئے تھے۔ وہ بھی جنہوں نے تلک لگائے تھے۔ سب جانے پہچانے چہرے۔ نہ دلوں میں میل نہ چہرے پر نفرت کی ہلکی سی لکیر، وہ سب اتنے ہی خوش تھے جتنے کہ میرے رشتے دار۔

دعوتِ ولیمہ کے انتظام میں بھاؤسار نامی ایک پڑوسی پیش پیش تھے ان دنوں ہم جوشی بیٹھ میں کرائے کے مکان میں رہتے تھے۔ ہمارا اپنا مکان بھی تیار ہو رہا تھا اس محلے میں۔ بھاؤسار کھانے کی پوری دیگ اپنے سر پر اٹھا کر لے آیا۔ وہ سب کھانا کھلانے میں اپنے طور پر "آگر" (کھانا کھلانے کے لیے اصرار) کر رہے تھے۔ جب مہمان کھانا کھا چکے تو دونوں ایک ہی پلیٹ میں مہمانوں کی طرح کھانے لگے۔ جبکہ ان کے یہاں یہ طریقہ معیوب ہے۔

آج میں اس تصوّر سے ہی لرز اُٹھتا ہوں کہ اس شہر میں ایک پوری برات جلا دی گئی۔ دوپہر کا وقت تھا۔ براتی کھانے پینے کی تیاریاں کر رہے تھے۔ مکان پر غنڈوں کا حملہ ہوا۔ جب آگ بھڑکی تو کھانے کی پوری دیگ آگ پر انڈیل دی گئی۔ سالن میں تیل تھا اور اس تیل سے آگ اور بھڑک گئی۔ سارا مکان جل گیا۔ دولہا دلہن بھی جل کر بھسم ہو گئے۔ شاید وہ چمیلی کے منڈوے تلے پیار کی آگ میں جلنے کے خواب دیکھ رہے تھے۔ لیکن وہ آگ سچ مچ کی آگ تھی۔ نفرت اور تعصب کی آگ جس نے پورے شہر کو

لپیٹ میں لے لیا۔ ایک کے بعد ایک گھر جلتے گئے۔ ہمارا وہ پرانا مکان بھی جل گیا۔ جہاں ولیمہ ہوا تھا۔ اس میں رہنے والے دو بچے اور دو عورتیں زندہ جلادی گئیں مکان کے باہر سے کنڈی لگادی گئی تھی اور غنڈوں نے آگ لگادی۔ وہ اپنے ساتھ مٹی کے تیل سے بھری بوتلیں بھی لائے تھے۔ آگ لگانے کے بعد وہ بوتلیں پھینکتے مکان میں رہنے والے باقی لوگ بمشکل اپنی جان بچاسکے۔ انسان اتنا وحشی کیوں ہو گیا؟ صرف چند برس پہلے جب ایک آئیل مل میں آگ لگی تھی اور چند مزدور جل کر مر گئے تھے تو سارے شہر نے سوگ منایا تھا۔ سارا بازار بند تھا۔ مرنے والوں کی ارتھیاں اور جنازے ایک ساتھ نکلے تھے۔ ہزاروں کی تعداد میں لوگ آنسو بہاتے شمشان گئے اور پھر قبرستان بھی آئے۔ جلگاؤں میں قبرستان شمشان کے سامنے ہی ہے۔ لیکن اب ایک ہی دن میں سارا شہر شمشان بن گیا۔ مل کی آگ میں جلنے والوں کے جنازے اور ارتھیاں ایک ساتھ نکالنے والوں نے انسانیت کا جنازہ نکال دیا

چھ سات سال پہلے مل کا ایک مزدور دیوار کے ملبے تلے دب کر مر گیا۔ اس کے جنازے میں کتنے لوگ آئے تھے۔ ہر ایک کی زبان پر "بہت برا ہوا" یا "بھاروائٹ جھالا" (بہت برا ہوا) کے کلمات تھے۔ صرف چند برسوں پہلے یہاں کے مہرون تالاب میں ایک حادثہ ہوا تھا۔ مراٹھی اسکول کی اکیس بچیاں کشتی الٹ جانے سے تالاب میں غوطہ کھا رہی تھیں۔ ان کی استانی آہ وزاری کر رہی تھی کہ کوئی انھیں بچائے۔ سیکڑوں کا ہجوم تھا لیکن کون انہیں بچائے۔ اتنے گہرے تالاب میں کون کودتا؟ تالاب میں کودنا موت کے منہ میں جانے کے مترادف تھا۔ استانی کی آہ وزاری اور بچیوں کی چیخیں سنکر ایک نوجوان بے خطر تالاب میں کودا۔ اس نے اپنی جان پر کھیل کر ان بچیوں کو بچالیا۔ اس نوجوان کا نام عبدالشکور تھا۔ اس نے ان بچیوں کو بچاتے وقت ان کا نام نہیں پوچھا۔ اگر وہ پوچھتا تو کوئی نام سریتا ہوتا یا شاما۔ ان

میں کوئی ریحانہ یا رضیہ نہیں تھی۔ لیکن اس نے ان بچیوں کے لئے اپنی جان خطرے میں ڈال دی۔

منظر بدل گیا ــــ ایک مکان جل رہا تھا۔ ایک بیوہ غنڈوں کے قدموں میں پڑی گڑ گڑا رہی ہے۔ آہ وزاری کر رہی ہے غنڈے اس کے معصوم بچوں کو آگ میں پھینک رہے ہیں۔ ایک کے بعد ایک تین بچے ان کی ماں کے سامنے آگ میں جل گئے۔ اس نے اپنے چوتھے اور آخری بچے کو کلیجے سے لگا رکھا تھا۔ اور گڑ گڑا رہی تھی "اس بچّے کو زندہ رہنے دو، خدا کی قسم ہے میں تمہارا مذہب قبول کرنے کو تیار ہوں" لیکن جواب میں وہ بچہ بھی آگ میں جھونک دیا گیا ــــ اس کی ماں کی آنکھوں کے سامنے۔

اسٹیشن پر ہاتھوں میں بالٹیاں تھام کر مسافروں کو بلا قیمت پانی پلانے والے کیا ممتا کی پیاس کو نہیں سمجھ سکے؟ کاش وہ بالٹیاں لیکر یہاں آجاتے اور اس آگ کو بجھا دیتے۔

یکّہ آگے بڑھ رہا تھا۔ اب وہ مولانا آزاد روڈ پر آگیا تھا۔ شہر کی سب سے لمبی سڑک ــــ اسی سڑک سے اقبال روڈ منسلک ہے۔ جہاں میں رہتا ہوں پہلے میں مولانا آزاد روڈ پر ہی رہتا تھا۔ ایک سابق ایم۔ ایل۔ اے کے پڑوس میں۔ بیچارے بڑے اللہ والے ہیں۔ جلگاؤں کے پہلے انتخاب میں جلگاؤں والوں نے انہیں ہی چُنا تھا۔

یکّہ مدراس ہوٹل کے سامنے آگیا۔ مجھے وہ پر تکلف دعوت یاد آگئی جو میں نے اپنے دوستوں کو دی تھی۔ اسی ہوٹل میں کالج میں پلیننگ فورم کا الیکشن تھا۔ میں ایک امیدوار کی حیثیت سے کھڑا تھا۔ دوستوں نے جب میرا نام سنا تو اپنے فارم واپس لے لیے۔ واپس لینے والوں میں ایک اگروال تھا، دوسرا

کلکرنی۔ میں اینگلو اردو ہائی اسکول سے آیا تھا۔ ان لوگوں سے پہلی ملاقات اسی کالج میں ہوئی تھی۔ اسّی طلبہ کی کلاس میں میں واحد مسلمان تھا۔ کتنا خلوص تھا ان لوگوں میں!

یگّہ بان نے میرے بڑے لڑکے کو اپنے قریب بٹھالیا۔ "اس کی سالگرہ ہے؟" اس نے پوچھا۔

"جی ہاں۔"

"بڑا مزہ آئے گا۔" یگّہ بان بولا۔ "سب پاس پڑوس میں چرچا ہے کہ آپ بڑی دھوم دھام سے سالگرہ کرنے والے ہیں۔"

"نماز میں آپ کے والد ملے تھے، وہ کہہ رہے تھے۔" پھر اس نے مجھے اپنے والد اور دوسرے رشتہ داروں کے بارے میں بتایا۔ اس کے بعد وہ پاس پڑوسیوں کے بارے میں معلومات دینے لگا۔ "آپ کے والد نے اس محلے میں مکان بنا کر اچھا نہیں کیا۔" وہ بولا۔ "ان دنوں جلگاؤں کی فضا خراب ہے۔ آپ کے پڑوس میں تو اب ایک سکھ بھی رہنے آیا ہے۔ پہلے ہی وہاں دوسرے لوگ بھرے پڑے تھے۔" اپنے والا، "کوئی ہے وہاں؟ اب یہ سکھ بھی آگیا آگ پر تیل۔" وہ کہے جارہا تھا۔ "سارا محلہ اس کے خلاف ہے۔ اسے وہاں آنے ہی دینا نہیں چاہیے تھا۔ وہ مکان آپ کے والد نے خرید لینا چاہیے تھا۔"

میں کچھ فکرمند ہوگیا۔ جلگاؤں میں کبھی فساد نہیں ہوئے۔ جلگاؤں کے معنی ہیں پانی کا گاؤں کیا پانی میں بھی آگ لگ سکتی ہے؟ یگّہ بان کہہ رہا تھا "آج کل فسادات کا کوئی بھروسہ نہیں احمد آباد کے بعد فسادات ایسے ہوجاتے ہیں جیسے سینما میں پہلے شو کے بعد دوسرا شو۔

"لیکن یہاں تو ایسا کبھی نہیں ہوا؟"

"لیکن اب کے ضرور ہوگا۔" وہ کہہ رہا تھا۔ "سنتے ہیں بڑی تیاریاں ہیں ان کی۔ وہ لوگ کہتے ہیں احمد آباد کا بدلہ ہم ضرور لیں گے۔"

"لیکن احمد آباد کا یہاں سے کیا تعلق؟"

یکّہ بان نے ایک بھرپور ہنٹر گھوڑے کو مار کر کہا "یہاں بھی تو اللہ کے ماننے والے رہتے ہیں۔" پھر وہ اپنا غصہ گھوڑے پر نکالنے لگا۔

جب یکّہ مکان کے سامنے رکا تو یکّہ بان نے ہمارے مکان سے منسلک ہی ایک نئی عمارت کی طرف اشارہ کرتے ہوئے کہا "یہاں آیا ہے وہ سکھ۔ اسی نے بنائی ہے یہ نئی بلڈنگ۔"

مکان میں قدم رکھتے ہی میں نے اپنے پڑوسی کے بارے میں معلومات حاصل کی معلوم ہوا کہ وہ غصّے کا بہت تیز ہے اور سارا محلہ اس سے خائف ہے۔

تیسرے روز میرے بیٹے کی سالگرہ تھی۔ ہم نے تمام پڑوسیوں کو دعوت دی میرے اندازے کے عین مطابق سکھ دعوت میں نہیں آیا۔ اس کی بیوی آئی لیکن اس نے شربت کے علاوہ کسی چیز کو ہاتھ نہیں لگایا۔ طبیعت کی خرابی کا بہانہ کرتی رہی۔ اس کے بچے ساتھ وہ ہر چیز کو چکھ رہے تھے۔ میں یہ محسوس کر رہا تھا کہ وہ اپنے بچوں کو کھانے پینے سے باز رکھنا چاہتی ہے لیکن بچے بھلا کھانے پینے کے معاملے میں کس کی سنتے ہیں۔

ان بچوں میں ایک دوسرے پڑوسی کا بچہ تھا۔ سریش وہ دن بھر میرے بچوں کے ساتھ رہتا تھا۔ ان کے ساتھ ایک ہی دستر خوان پر ایک ہی برتن میں کھانا کھاتا۔ رشتے ناطے بھی وہی لگاتا جو میرے بچے لگاتے تھے۔ حالانکہ گالی بھی خالص خاندانی اردو میں دیتا تھا۔ سالگرہ کی تقریب میں ٹیپ کی ہوئی ایک انگریزی دھن بجائی گئی تو سریش نے تیز قسم ٹووسٹ ڈانس دکھایا۔ وہ اتنا خوش تھا گویا اس کے ہی بھائی کی سالگرہ ہو رہی ہو۔ رات گئے تک وہ ناچتا کودتا رہا۔ سب مہمان چلے گئے لیکن وہ نہیں گیا۔ اس کی ماں نے اسے پکارا "بال گھری چال" (بابا گھر چلو) اس نے اردو میں جواب دیا۔

"تھوڑی دیر سے آؤں گا۔"

دوسرے دن پڑوسی سکھ نے معذرت پیش کی کہ وہ اپنی مصروفیات کی وجہ سے تقریب میں نہ آسکے میں دل ہی دل میں پیچ و تاب کھا رہا تھا کہ ہاتھی کے دانت کھانے کے اور ہوتے ہیں اور دکھانے کے اور۔ سردارجی کی میٹھی ہنسی میں نفرت کا زہر بھی تو ہو سکتا ہے۔ مجھے خواہ مخواہ ان پر غصہ آ رہا تھا۔ جب دل میں نفرت ہے تو پھر یہ میٹھی ہنسی کیوں؟ یہ خوشامدی باتیں کیوں؟ مجھے یگّہ بان کی بات یاد آگئی "اسے یہاں رہنے کے لئے آنے ہی نہیں دینا چاہیے تھا"

وطن سے رخصتی پر میں اپنے تمام پڑوسیوں سے ملا لیکن سردارجی سے نہیں۔ پڑوسیوں نے چائے پر بلایا لیکن سردارجی نے شاید اس کی کوئی ضرورت محسوس نہیں کی۔ میں واپس اپنی ڈیوٹی پر آگیا۔ جلگاؤں سے چار سو میل دور۔

ایک روز ریڈیو اور اخبارات جلگاؤں میں فسادات کے بارے میں جو لانے لگے۔ فسادات کا مرکز میرا اپنا محلہ تھا۔ "جوشی پیٹھ" دل دھک سے رہ گیا۔ ضعیف والدین۔ چاروں طرف غیر اس پر ستم پڑوس کے سردارجی۔

دن بھر فون پر کانٹیکٹ پیدا کرنے کی کوشش کی تار روانہ کیا۔ فون کی لائن آوٹ آف آرڈر تھی۔ تار کا کوئی جواب نہیں آیا۔ دل میں طرح طرح کے اندیشے سر اٹھانے لگے۔ آنکھوں کے سامنے سردارجی کا خطرناک چہرہ گھومنے لگا۔

سردارجی کی شعلہ اگلتی ہوئی آنکھیں اور ہاتھوں میں ننگی تلواریں اس کے بعد کچھ سوچنا مشکل تھا۔ سر چکرانے لگا۔ دو دن گذر گئے نہ خط

کا جواب نہ تار۔ یہ دو دن قیامت کے گذرے۔ میں نے جلگاؤں جانے کی تھانی سامان بندھ گیا۔ گھر سے نکلنے والا ہی تھا کہ والد صاحب کا خط ملا۔

"غنڈے ہاتھوں میں مشعلیں لئے اپنے مکان تک پہنچ گئے وہ آگ لگانے ہی والے تھے کہ پڑوس کے سردارجی فرشتے کی طرح نمودار ہوئے۔ اور انہوں نے ہجوم سے کہا۔" اس مکان کو آگ لگانے کے لئے میری لاش پر سے گذرنا ہوگا اور اگر آگ ہی لگانا ہے تو میرا گھر حاضر ہے۔"

لہو کا رنگ

گاؤں میں قحط پڑا تھا۔ سو ایکڑ زمین میں صرف سو کلو اناج یعنی۔ "سمندر سے پیاسے کو شبنم" ملنے کے مصداق تھا۔ گاؤں والے سڑک بنانے کے کام پر جا رہے تھے۔ ٹھاکر گھرانے کا شنکر بھلا یہ ذلّت کیسے برداشت کر سکتا تھا؟ گھر میں جو کچھ بھی تھا وہ بڑے ٹھاکر صاحب کی ٹھاٹھ کے نذر ہو چکا تھا۔ حویلی تک ساہوکار کے پنجے میں تھی۔ جب بڑے ٹھاکر صاحب زندہ تھے۔ حویلی کو راج محل کا درجہ حاصل تھا۔ نوکر چاکر۔ گھوڑے، بگھی دعوتیں، محفلیں سب کچھ تھا۔ دیوالی آتی تو حویلی چراغوں کا شہر بن جاتا۔ عید آتی تو شیر خورمے کی نہریں بہنے لگتیں۔ گاؤں میں ہندو اور مسلمانوں کی آبادی برابر ہی تھی۔ صرف ایک مندر اور ایک مسجد۔ مندر میں پوجا پاٹ کا خرچ ٹھاکر صاحب اُٹھاتے تھے۔ مسجد کے پیش امام کی تنخواہ ٹھاکر صاحب دیتے تھے۔ ٹھاکر صاحب کے دیوان مرزا افضل بیگ ایک عمر رسیدہ بزرگ تھے۔ ٹھاکر گھرانے میں ان کی حیثیت کسی بزرگ سے کم نہ تھی۔ بڑے ٹھاکر صاحب کے وہ دوست بھی تھے۔ جب دونوں دوست شطرنج

کھیلنے بیٹھتے تو نہ کھانے پینے کا خیال نہ سونے لیٹنے کا۔ ٹھاکر صاحب علی الصبح پوجا پاٹ کرتے تھے۔ اور مرزا صاحب فجر کی نماز ادا کرتے تھے۔ محفل علی الصبح ہی ختم ہوتی۔ جب ٹھاکر صاحب کی پوجا پاٹ کا اور مرزا صاحب کی نماز کا وقت ہوتا۔

ٹھاکر صاحب نے بچپن میں ایک مولوی سے اُردو اور عربی پڑھی تھی کیونکہ اس زمانے میں دیہاتوں میں اسکول نہ تھے۔ مسجد کے پیش امام ہی بچوں کو پڑھایا کرتے تھے۔ ٹھاکر صاحب مذاق سے کہتے "مرزاجی! آج آپ آرام کریں، آپ کے بدلے میں نماز پڑھ کر آتا ہوں۔"

مرزاجی کہتے "حضور دینِ الٰہی اکبر کے زمانے میں ہی ختم ہو گیا ورنہ میں نعوذ باللہ نماز کے بعد پوجا پاٹ کرتا۔"

مرزاجی کا ایک ہی بیٹا تھا رحیم۔ ٹھاکر صاحب کا بھی ایک ہی بیٹا تھا شنکر۔ بڑے ٹھاکر صاحب نے دونوں کی تعلیم کا خرچ پورا کیا۔ شنکر اور رحیم ایک ہی اسکول میں ایک ہی کالج میں پڑھے۔ بی۔ اے۔ پاس کرنے کے بعد رحیم شہر ہی میں ملازم ہو گیا۔ اور شنکر گاؤں واپس آگیا۔

کہتے ہیں گھر بیٹھے دریا کا پانی بھی ناکافی ہے۔ یہی حال ٹھاکر صاحب کا ہوا۔ زمانے بھر کے اخراجات اور صرف زمینوں کی آمدنی۔ نئے نئے قانون پاس ہونے لگے۔ جو زمینیں بوتے تھے وہ مالک بن گئے۔ ان زمینوں کی قیمت تو ملی لیکن ٹھاکر گھرانے کی قسمت نہ بدل گئی۔ مستقل آمدنی کا ذریعہ ہاتھ سے نکل گیا۔ ٹھاکر صاحب اس صدمے کو برداشت نہ کر سکے۔ وہ چل بسے، دوسرے ہی دن مرزا صاحب بھی ان سے جا ملے۔ شنکر اکیلا رہ گیا۔

اس برے وقت میں کوئی اس کا ہمدرد تھا تو صرف پاروتی ــــ اس کی

رفیق حیات۔ ٹھاکر صاحب نے اپنی زندگی میں ہی شنکر کی شادی کر دی تھی۔ شادی کے اخراجات کے لئے حویلی گروی رکھی گئی۔ رحیم کا رشتہ مریم سے طے ہوا۔ ادھر سات پھیرے شنکر اور پاروتی نے پورے کئے۔ ادھر رحیم اور مریم ازدواجی رشتوں میں بندھ گئے۔ ایک ہی لگن منڈپ میں دو شادیاں ہوئیں۔ پنڈت اور مولوی پہلی بار ایک پلیٹ فارم پر آئے۔

شنکر نے اپنا اثاثہ ساہوکار کے حوالے کیا۔ اور پاروتی کے ساتھ شہر کی طرف کوچ کی۔ شہر میں نوکری تو مل سکتی ہے لیکن سر چھپانے کے لئے جگہ ؟۔ پاروتی ساتھ آئی تھی۔ اکیلا تو وہ فٹ پاتھ پر بھی سو سکتا تھا۔ لیکن ٹھاکر گھرانے کی بہو کو نیلے آکاش کی چھت والے مکان میں کیسے رکھے ؟ دیہات سے آئی ہوئی سیدھی سادی پتی ورتا عورت جس نے ٹھاکروں کی شان دیکھی تھی۔ وہ صورت حال کو کیسے قبول کرے گی۔ صبح نیند سے اٹھ کر سب سے پہلے اپنے شوہر کے پیر چھونے والی یہ کیسے برداشت کر سکے گی کہ اس کا شوہر نوکری اور مکان کے لئے لوگوں کے پاؤں پڑتا پھرے۔ وہ ضد کر کے شنکر کے ساتھ آئی تھی۔ سیتا میا کا حوالہ دیا تھا کہ اس نے شری رام کے ساتھ چودہ سال بن باس میں بتائے تھے۔ شری رام کے ساتھ لکشمن تھا میں تو اکیلا ہوں۔

پاروتی نے یاد دلایا کہ شہر میں اس کا دوست رحیم اور اس کی سہیلی مریم رہتے ہیں۔ شنکر سیدھا رحیم کے گھر گیا۔ شنکر کو بھائی اور پاروتی کو بہن مل گئی۔ شنکر رحیم سے اور پاروتی مریم سے ایسے بغل گیر ہوئے کہ دونوں کا دل بھر آیا۔ شنکر اور رحیم تو گلے مل کر دور ہو گئے مگر پاروتی اور مریم کو ایک دوسرے سے جدا کرنا مشکل تھا۔ دونوں سہیلیاں آنکھوں میں آنسو لئے ایک دوسرے سے بغل گیر ہو رہی تھیں۔ بالآخر شنکر کو آگے

بڑھنا پڑا۔ اس نے پاروتی کو مریم سے اور رحیم نے مریم کو پاروتی سے دور کیا۔ دونوں کی حالت ایسے تھی جیسے ایک درخت کی دو ٹہنیوں کو الگ کیا جاتا ہے۔

پاروتی، تم کہہ رہی تھی نا، رام کا ساتھ سیتا نے بن باس میں دیا میں کہتا تھا میرا کوئی بھائی نہیں۔ اب دیکھ لکشمن مل گیا، شنکر کی آنکھوں سے آنسو رواں تھے۔

رحیم نے اپنے آپ پر قابو پا کر ماحول کو بدلنے کی کوشش کی " بھائی، میں کوئی لکشمن ریکھا نہیں کھینچوں گا دو کمروں کا مکان ہے جدھر دل چاہے وہاں رہنا،

دونوں ساتھ ساتھ رہنے لگے۔ رحیم نے بہت اصرار کیا کہ وہ ان کے ساتھ ہی رہے لیکن شنکر اسے زیادہ تکلیف دینا نہیں چاہتا تھا۔ دونوں کمروں کے درمیان ایک دروازہ تھا۔ دروازہ بند کر دو تو دو الگ الگ کمرے اور کھول دو تو صرف ایک مکان۔

شنکر کو رحیم کے آفس میں نوکری مل گئی۔ دونوں صبح سویرے جلدی نیند سے بیدار ہوتے۔ اگر رحیم جلد جاگتا تو وہ شنکر کو آواز دیتا اگر شنکر جلدی جاگتا تو وہ رحیم کو پکارتا۔ رحیم نہا دھو کر مسجد جاتا۔ نماز پڑھنے کے لیے، شنکر مندر جاتا، پوجا کرنے کے لئے۔ جانے کے راستے الگ الگ تھے۔ لیکن واپس آنے کا راستہ ایک ہی تھا۔ واپس آکر وہ اپنی تیاری میں لگ جاتے۔ ناشتہ کرتے ہوئے دونوں کی باتیں شروع رہتیں۔ فی لقمہ ایک بات۔ اس حساب سے ناشتہ ختم کر کے وہ آفس جانے کی تیاری کرتے۔ انہیں سوا نو بجے کی لوکل ٹرین سے آفس جانا ہوتا۔ آفس کے بعد دونوں ساتھ واپس آتے۔ رات کا کھانا اور بستر پر لیٹنے تک باتوں کا سلسلہ جاری رہتا، مریم اور پاروتی کو صرف دوپہر میں بات چیت کا موقعہ ملتا۔ دن

پھر دونوں سہیلیاں گپیں لڑاتی رہتیں۔

راکھی کا تہوار آیا۔ پاروتی نے رحیم کو اور مریم نے شنکر کو راکھی پہنائی۔ ان کے گاؤں کا یہی طریقہ تھا۔ رحیم جب راکھی باندھ کر کسی کام سے بازار گیا تو نکڑ پر مولوی جمن سے مڈبھیڑ ہو گئی۔ انہوں نے پہلے رحیم کے چہرے کی طرف دیکھا اور پھر راکھی کی طرف رحیم کی سمجھ میں یہ بات نہیں آئی کہ آج مولوی صاحب نے نفرت سے منہ کیوں پھیر لیا۔ ورنہ راہ میں آتے جاتے علیک سلیک ہو ہی جاتی تھی اور پھر مولوی جمن فجر کی نماز کے بعد باقاعدہ طریقے سے چائے پلانے والے رحیم سے کیوں ناراض ہوتے۔

رحیم پریشان ہو گیا۔ واپسی میں مولوی جمن سے پھر ملاقات ہوئی۔ رحیم کے سلام کا جواب انہوں نے ضرور دیا لیکن چہرہ بدستور سوالیہ نشان بنا رہا۔

"مولوی صاحب، ناراضگی کی وجہ؟" رحیم نے ہمت کر کے سوال پوچھا۔

"میری ناراضگی سے پریشان ہو؟" مولوی جمن پھٹ پڑے۔ "اس مالک کی ناراضگی کی پرواہ کرو جس نے یہ زمین آسمان بنائے"

"میرا گناہ؟"

"گناہ کا سرٹیفکٹ کلائی پہ باندھ کر پھر رہے ہو اور وجہ پوچھتے ہو؟"

"یہ ......؟" رحیم نے راکھی کی طرف اشارہ کرتے ہوئے پوچھا۔

"قیامت کے دن یہ لعنت کا طوق بن جائے گی۔ آج تم جسے کلائی میں باندھ کر گھوم رہے ہو۔ کل یہی طوق گلے ڈالکر پھرنا"

"یہ نہ لعنت ہے اور نہ طوق، یہ معمولی سا دھاگا، بہن کی محبت کی نشانی، اور محبت کا کوئی مذہب نہیں ہوتا اور نہ ہمارا مذہب اتنا تنگ نظر ہے کہ اس دھاگے سے کوئی فرق پڑ جائے"

رحیم کی سمجھ میں یہ بات نہیں آ رہی تھی کہ آخر یہ کیا ماجرا ہے؟ بچپن میں اس نے پنڈت جی سے ہمایوں کا قصہ سنا تھا۔ ہمایوں راکھی ملتے ہی اپنی راجپوت بہن کی آن بچانے کے لئے اپنی جان ہتھیلی پر رکھ کر مدد کے لئے دوڑا تھا۔

گھر آیا تو پتہ چلا کہ شنکر کو تیز بخار ہے۔

قریب ہی پنڈت جی رہتے تھے وہ اس علاقے کے مانے ہوئے وید تھے۔ پوجا پاٹ کے علاوہ وہ حکمت بھی کرتے تھے۔ رحیم انہیں لے آیا۔ پنڈت جی نے ایک دوائی کا نام لکھ دیا اور فوراً منگوائی ادھر رحیم دوائی لانے گیا ادھر پنڈت جی نے پاروتی کو بھڑکایا "مسلمان کو راکھی باندھ کر دیکھ لیا کیا نتیجہ ہوتا ہے۔ اپنے سہاگ کی فکر کرو۔"

سیدھی سادی پاروتی یہ سنکر دہل گئی۔ اس نے خواب و خیال میں بھی نہیں سوچا کہ ایسا کبھی ہو سکتا ہے۔ گاؤں میں اس نے کئی بار اپنے مسلمان پڑوسی بچوں کو راکھی پہنائی تھی۔ شادی کے بعد بھی اس نے اپنے ایک مسلمان پڑوسی کو راکھی پہنائی تھی۔ لیکن اس وقت شنکر کو کچھ نہیں ہوا تھا۔ وہ سوچنے لگی شاید گاؤں کا مذہب کچھ اور ہوتا ہے۔ اور شہر میں آکر وہ کچھ اور ہو جاتا ہے۔ وہ اسی کشمکش و پیچ میں تھی کہ رحیم آ گیا۔ دوائی دی اور رات بھر شنکر کے سرہانے بیٹھا رہا۔

صبح فجر کی نماز میں جانے میں دیر ہو گئی۔ مولوی رحمن مسجد سے باہر نکل رہے تھے۔ "آج دوست کے لئے نماز میں دیر" انہوں نے طعنہ دیا۔

"مولوی صاحب، شنکر بخار میں بھُن رہا تھا۔ ابھی ابھی آنکھ لگی ہے۔ اس لئے آنے میں دیر ہوئی۔"

"دیر تو ہوئی ہے لیکن اندھیرا ابھی ہونے والا ہے اب بھی وقت ہے۔

آنکھیں کھول دو۔ کافروں سے زیادہ میل جول اچھا نہیں اور آپ نورات بھر تیمارداری کرتے رہے۔"

"مولوی صاحب؟ کیا پیغمبر اسلام نے اُس شرارتی غیر مسلم بڑھیا کی تیمارداری نہیں کی تھی جو ہر روز حضورؐ پر کوڑا کرکٹ پھینکتی تھی۔ شنکر تو میرا دوست ہے۔"

"وہ پیغمبر تھے، تم کون ہو؟ گنہگار بندے۔"

"میں انہی کی پیروی کر رہا ہوں۔"

"لعنت ہے تم پر، خدا تمہیں نیک توفیق دے۔" وہ جھنجھلا کر چلے گئے اور رحیم مسجد میں داخل ہو گیا۔

ادھر پنڈت جی شنکر کو دیکھنے آگئے تھے۔ انہوں نے نبض دیکھی اور کہا" دیکھو، اس مسلمان کا سایہ دور ہوتے ہی بخار اتر گیا اب اگر شوہر کی زندگی چاہتی ہو تو اسے کم از کم آج یہاں نہ آنے دینا۔"

رحیم نماز پڑھ کر سیدھا شنکر کے پاس گیا۔ پاروتی باہر ہی تھی۔ اس نے ٹوک دیا۔ بھیّا، وہ سو رہے ہیں۔ شام میں آنا۔ رحیم ہکّا بکّا سا رہ گیا۔ وہ خواب وخیال میں بھی نہیں سوچ سکتا تھا کہ پاروتی اسے ٹوک دے گی۔ اس نے کوئی جواب نہیں دیا۔ اور خاموشی سے اپنے کمرے میں آگیا۔ آفس میں انسپکشن چل رہا تھا۔ اس کا آفس جانا ضروری تھا۔ اس نے پنڈت جی سے شنکر کی علالت کا سرٹیفکٹ لیا اور سیدھا آفس چلا گیا۔

جب شنکر کی آنکھ کھلی تو اس نے سب سے پہلے رحیم کے بارے میں پوچھا۔ پنڈت جی وہاں موجود تھے۔ انہوں نے تیر چلایا۔"میاں وہ

تو آفس گئے ہیں۔ پاروتی بے چاری اکیلی رات بھر سے سیوا کر رہی ہے تمہاری۔"

"وہ......." پاروتی نے کچھ کہنا چاہا ، لیکن پنڈت نے دوسری بات شروع کر دی۔ پاروتی پنڈت کی مکاری سمجھ گئی ۔ اسے رہ رہ کر افسوس ہونے لگا کہ اس نے خواہ مخواہ رحیم کا دل دکھایا۔

شنکر کی طبیعت سنبھلی تو پنڈت نے ستیہ نارائن کی پوجا کرنے کا مشورہ دیا۔ پوجا کے بعد محلے کے لوگوں کے سامنے پنڈت نے کیرتن کیا۔ سومناتھ مندر کی لوٹ، اکبر اور جودھا بائی کی شادی کا قصہ وہ نمک مرچ لگا کر سنایا کہ مجمع غصّے سے بے قابو ہو گیا۔

ادھر یہ خبر مولوی جمن کو ملی۔ وہ اپنے چیلوں کو لیکر رحیم کے گھر آئے انہوں نے رحیم کو مشورہ دیا کہ اگر اس کفر کو کم کرنا ہے تو فوراً قرآن خوانی کا اہتمام کرے۔ کیونکہ پوجا اس کے مکان ہی میں ہوئی ہے۔

قرآن خوانی کے بعد مولوی جمن کا وعظ ہوا انہوں نے کہا۔ "اسلام خطرے میں ہے ۔ یاد کرو وہ دن جب مٹھی بھر مسلمانوں نے ساری دنیا میں فتح و کامرانی کے جھنڈے گاڑ دیئے تھے ۔ اس زبردست فتح کی وجہ تھی ہمارا اتفاق ۔ ہم ایک تھے آج بکھرے ہوئے ہیں۔ ایک ہو جاؤ اور پھر دنیا جیت لو۔" مجمع اللہ اکبر کے نعرے لگاتا ہوا منتشر ہوا۔

اب رحیم اور شنکر کے کمروں کا دروازہ درمیان میں بند رہنے لگا۔ دو کمرے جو دروازہ کھلتے ہی ایک مکان بن جاتے تھے ۔ اب الگ الگ ہو گئے ۔ رحیم نے مریم پر پابندی لگا دی کہ وہ پاروتی سے بات نہ کرے شنکر نے پاروتی کو تاکید کی کہ وہ مریم سے نہ ملے ۔ رحیم اور شنکر دور ہو گئے ۔ لیکن مریم اور پاروتی ایک تھے ۔ جب وہ دونوں آفس چلے جاتے تو دروازہ کھل

جاتا اور دونوں سہیلیاں ایک دوسرے سے بغل گیر ہو جاتیں۔ ان دونوں کو جدا کرنا مشکل تھا۔ پاروتی جانتی تھی کہ پنڈت شنکر کو بہکا رہا ہے اور مریم جانتی تھی کہ مولوی جمن رحیم کے دل میں زہر بھر رہا ہے۔ لیکن وہ دونوں مجبور تھیں۔

ایک دن کسی وجہ سے دفتر سے جلدی چھٹی ہو گئی۔ دروازہ کھلا تھا اور دونوں سہیلیاں گپیں ہانک رہی تھیں۔ رحیم نے مریم کی اور شنکر نے پاروتی کی وہ پٹائی کی کہ بس، ایک طرف سے رحیم نے تالہ لگا دیا اور دوسری طرف سے شنکر نے۔ اور کنجیاں دونوں نے اپنے پاس رکھیں۔

ایک ہفتے تک دونوں سہیلیاں ایک دوسرے سے نہ مل سکیں۔ ایک دن مریم سے صبر نہ ہو سکا۔ وہ بے قراری کے عالم میں باہر نکل گئی۔ پاروتی بھی باہر کھڑی تھی۔ دونوں اپنے آپ پر قابو نہ پا سکیں۔ اور بے اختیار بغل گیر ہو گئیں۔ مولوی جمن اتفاق سے ادھر سے گذر رہے تھے، انہوں نے یہ منظر دیکھ لیا۔

دوسرے دن رحیم نماز سے واپس آیا تو آتش فشاں بن کر۔ اس نے مریم کی وہ پٹائی کی کہ غریب دو دن بستر پہ پڑی رہی۔ یہ دو دن پاروتی کے لئے بھاری تھے۔ انجام کی پرواہ کئے بغیر وہ سیدھے مریم کے کمرے میں چلی گئی۔ پنڈت جی وہاں مریم کے علاج کے لئے موجود تھے یہ بات پاروتی کی سمجھ میں نہیں آ رہی تھی کہ پنڈت جی مسلمانوں کا علاج کرتے ہیں پھر ان کا مذہب بھرشٹ کیوں نہیں ہوتا۔ مریم پاروتی کو دیکھ کر رونے لگی۔ پاروتی نے اسے گلے لگا لیا اور تسلّی دی۔

پنڈت جی نے خوب لگائی بجھائی کی اور نتیجہ یہ نکلا کہ دوسرے دن

پاروتی کی صورت میں انہیں ایک اور پیشنٹ مل گیا۔

اس دن زندگی میں پہلی بار شنکر نے بلند آواز میں کھنکار کر رحیم کو چیلنج کیا۔ رحیم نے بھی بلند آواز میں اس کا جواب دیا۔ پھر کیا تھا۔ کھانسیوں کی جنگ شروع ہوگئی۔ نوبت ہاتھا پائی پر آگئی۔ مولوی جمن اور پنڈت پڑوس ہی میں رہتے تھے انہوں نے تھوڑی دیر تک ہاتھا پائی کے منظر سے لطف اٹھایا اور پھر صلح صفائی کے لئے سامنے بھی آگئے۔

مولوی نے رحیم کو ڈانٹا "بے وقوف، دوست سے لڑتا ہے۔" پھر سرگوشیوں کے انداز میں اس کے کان میں کہا "شاباش بیٹے آج تو نے اسلام کا نام روشن کیا۔"

پنڈت نے شنکر کو ڈانٹا "مورکھ متر سے جھگڑا کرتا ہے۔" پھر ایک طرف لے جا کر کان میں کہا "ہمیں تم پر ناز ہے۔ تو نے آج سومنا تھ کی بے عزتی کا بدلہ لے لیا۔"

بات بڑھتی گئی۔ رحیم کی حمایت میں چند بھائی تیار ہو گئے۔ حاجی چراغ الدین، شراب کے ٹھیکیداران کی مدد کے لئے تیار تھے۔ شنکر کی مدد کے لئے چند متر آگے بڑھے۔ پنڈت دینا ناتھ، سٹہ بازار کے روح رواں ان کی مدد کے لئے آگے بڑھے۔ حاجی چراغ الدین، شراب کے ٹھیکیدار نے لاٹھی اور ہتھیاروں کی خرید کے لئے رقم دی۔ پنڈت دینا ناتھ نے لاٹھیوں اور ہتھیاروں کا خرچ اٹھایا۔ حاجی چراغ الدین کو اپنے شراب کے دھندے کے دو کمرے والے مکان کی ضرورت تھی۔ دو کمروں کا مکان دس ہزار پگڑی دینے پر ملتا ہے۔ جبکہ اس فساد کے لئے تین ہزار سے زیادہ رقم نہیں لگتی۔ ادھر فساد ہوا، دونوں گھر چھوڑ کر بھاگے۔ پنڈت دینا ناتھ بھی اس مکان پر نظر رکھے ہوئے

تھے۔ سٹہ بیٹنگ کے لئے اس سے محفوظ جگہ نہ تھی۔ مکان کا مالک ان دونوں سے اڈوانس پانچ پانچ سو روپئے لے چکا تھا۔ مولوی جمن صرف سو روپیوں پر خوش ہو گئے تھے۔ جبکہ پنڈت جی نے پچیس روپے زائد لئے تھے۔ بلوہ کرنے والے بیس پچیس روپئے میں تیار ہو گئے تھے۔ خرچ زیادہ نہ تھا اور کام آسان۔

پنڈت جی نے اس خطرے سے پاروتی کو آگاہ کرنا اپنا فرض سمجھا۔ انہوں نے چپکے سے پاروتی کو آکر بتایا کہ آج رحیم کے گھر پر حملہ ہونے والا ہے۔ محلے میں فساد شروع ہوگا۔ تم دونوں فوراً چھوڑ کر گاؤں چلے جاؤ۔

ادھر مولوی جمن نے اپنا فرض نبھایا۔ وہ چھپتے چھپاتے رحیم کے گھر آئے تو وہ آفس گیا ہوا تھا۔ انہوں نے مریم کو سمجھایا۔" آج محلے میں فساد ہونے والا ہے۔ رحیم کے گھر پر حملہ ہوگا۔ تم دونوں میاں بیوی سامان سمیٹ کر بھاگ جاؤ۔

مریم بہت گھبرا گئی۔ اس نے گھبرا کر پاروتی کو آواز دی دونوں سہیلیاں بہت دیر تک صلاح مشورہ کرتی رہیں۔ مریم یہ سمجھ رہی تھی کہ صرف شنکر کے مکان پر حملہ ہوگا۔ پاروتی یہ سمجھ رہی تھی کہ صرف رحیم کا گھر لٹے گا۔

اندیشے کے عین مطابق فسادیوں کا گروہ نعرے لگاتا ہوا آگے بڑھنے لگا۔ جوابی نعروں سے محلہ گونج اٹھا اور دونوں گروہ بیک وقت نعرے لگاتے ہوئے آگے بڑھنے لگے۔

ایک گروہ نے رحیم کے مکان پر دھاوا بول دیا۔ گھر میں مریم کے علاوہ کوئی نہ تھا۔ انہوں نے اس کا سامان اٹھا کر باہر پھینک دیا۔ مریم کے سر پر ایک لاٹھی کا زبردست وار ہوا اور خون کی دھار کسی جھرنے کی طرح ابل پڑی۔

بلوائیوں نے اسے ڈھکیل کر باہر پھینک دیا۔

دوسرے گروہ نے شنکر کے مکان پر دھاوا بول دیا۔ مکان میں پاروتی اکیلی تھی۔ مریم کی طرح اس کا بھی انجام ہوا۔ سامان باہر اور نیم بے ہوشی کے عالم میں پاروتی بھی باہر۔ اس کے سر پر بھی لاٹھی کا ایک وار بیٹھا تھا، خون کی دھار بہہ رہی تھی۔ مریم اور پاروتی بے ہوشی کے عالم میں ایک دوسرے کے قریب ہی پڑی تھیں۔

ادھر شنکر اور رحیم کو مولوی جمن اور پنڈت کی سازشوں کا علم ہوگیا تھا۔ دونوں فساد کی خبر سن کر دوڑتے ہوئے آفس سے آرہے تھے۔ اپنے مکان اور بیویوں کی یہ حالت دیکھ کر وہ بچوں کی طرح رو پڑے۔

مریم کے سر سے اور جسم سے بہتا ہوا خون اور پاروتی کے جسم سے بہتا ہوا خون گنگا جمنا کی طرح ایک دوسرے سے گلے مل رہا تھا۔

"مریم"، رحیم بے ہوش مریم کو اپنی باہوں میں چھپا لینے کے لئے آگے بڑھا لیکن ٹھٹھک کر رہ گیا۔ "بھابی تم!"

ادھر شنکر بھی ٹھٹھک کر کھڑا رہ گیا۔ "بھابی تم نے پاروتی کو بچا لینے کے لئے اس کے کپڑے پہن لیئے۔"

"اور بھابی، تم نے مریم کو بچانے کے لئے اُس کے کپڑے پہن لیئے۔"

رحیم نے مریم کو اور شنکر نے پاروتی کو اُٹھا لیا اور دیوانوں کی طرح ہاسپٹل کی طرف دوڑے۔ جو قریب ہی تھا۔ مریم اور پاروتی کے جسم سے بہتا ہوا لہو سرخ سرخ ایک ہی رنگ کا تھا۔ ان کے کپڑے خون سے تر بتر ہوگئے تھے۔ دلہنوں کی طرح سرخ لباس، مریم نے پاروتی کی ساڑی پہنی تھی۔ پاروتی نے مریم کا لکھنوی کرتا اور غرارہ۔

اس بہتے ہوئے لہو نے شنکر اور رحیم کے دل میں جما ہوا نفرت کا میل دھو دیا تھا۔ مولوی جمن اور پنڈت اپنے مکانوں کی کھڑکیوں سے نفرت کے ڈوبتے ہوئے سورج کو دیکھ رہے تھے۔ اس سورج کے ڈوبتے ہی پیار محبت کا اُجالا پھیل جاتا ہے۔

***